200개의 스푼

표지 그림 엄정아

인스타그램 https://instagram.com/ummpingin

2023 장애인 창작집 발간지원 사업 선정 작품집

200개의 스푼

1쇄 발행일 | 2023년 12월 20일

지은이 | 최지안
펴낸이 | 정화숙
펴낸곳 | 개미

출판등록 | 제313 – 2001 – 61호 1992. 2. 18
주소 | (04175) 서울시 마포구 마포대로 12, B-103호(마포동, 한신빌딩)
전화 | (02)704 – 2546
팩스 | (02)714 – 2365
E-mail | lily12140@hanmail.net

ⓒ 최지안, 2023
ISBN 979 – 11 – 90168 – 78 – 6 03810

값 15,000원

발행기관 | 장애인인식개선오늘 **(042)826-6042**
주최 | 장애인인식개선오늘(고유번호 305-80-25363. 대표 박재홍)
주관 | 대한민국 장애인 창작집필실
심사 | 발간지원 사업 심사위원회
후원 | 대전광역시, 대전문화재단, 갤러리예향좋은친구들, 문학마당, 한국장애인
    문화네트워크, 드림장애인인권센터, (주)맥키스컴퍼니, (주)삼진정밀

문의 | (042)826-6042

200개의 스푼
최지안 수필집

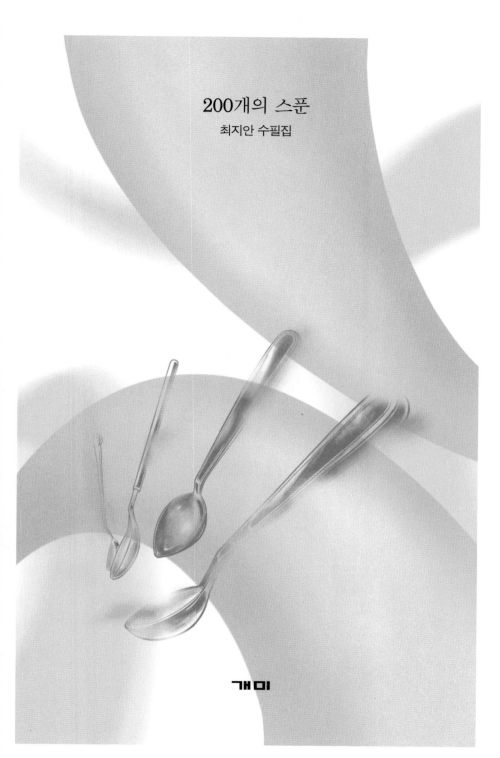

개미

 2023년 전문예술단체 〈장애인인식개선오늘〉의 일련의 노력인 '장애인창작활동지원사업'의 일환으로 발간되는 '대한민국장애인 창작집발간' 사업의 지속성 담보는 지방자치분권시대의 성과라고 사려됩니다. 대전광역시, 대전문화재단 관계자 여러분과 참여한 작가분들 그리고 응원해주시는 시민 여러분들께 진심으로 감사드 립니다.

 세계의 곳곳마다 지구환경문제, 기후문제, 전쟁문제 등으로 몸살을 앓고 있습니다. 이에 따른 사회적 우울감도 깊어지고 있습니다. 중앙정부나 지방정부는 나라 간의 문제를 비롯해 계층 간의 갈등, 장애와 노인문제와 아동 등 사회적 취약계층을 위한 정책과 제도에 전력을 기울여야 함에도 불구하고 잠재적 보편성을 가지고 접근해야 하는 국가의 신인도와 투명성 제고에 대해 생각조차 하지 않는 건 아닌지 걱정이 앞섭니다.

2023년 〈대한민국장애인창작집필실〉 동인들에게 좋은 소식이 있었습니다. 세종도서문학나눔 1종과 우수출판콘텐츠제작지원 1종이 선정되었습니다. 이는 전국의 작가들과 경쟁하여 얻어낸 성과라는 큰 의미와 대전지역의 장애인문학과 콘텐츠의 위상을 말하고 있음을 알 수 있습니다.

2023년 〈대한민국장애인창작집〉발간지원에 수필 부문 두 분과 시 부문 두 분이 선정되었습니다. 장애인 이해당사자, 장애인 가족, 장애인 관련 직종에 오래 근무 중인 분들로 확대 공모를 하였고 우수한 원고들이 출품되어 선정하였습니다. 장애인문학 확산을 위해 잡지를 발행하고 문학을 공연콘텐츠로 제작 보급도 꾸준히 해오고 있습니다. 또, 매년 이러한 사회공헌에 참여하거나 연대한 자원봉사자 참여 작가 공연자들을 발굴하여 국회의원 유공 표창도 하고 있습니다.

전문예술단체 〈장애인인식개선오늘〉은 '사회적 가치 함양', '제도개선', '학술' 등에 관한 포럼도 19년째 개최해 오고 있습니다. 이는 대전광역시·대전문화재단의 '장애인창작활동지원사업'의 성과임에 분명하며 타 시도의 롤 모델이기도 합니다.

그동안 중증장애인 발굴작가 140여 명과 창작집 84종(세종도서문학나눔우수도서8종 중소출판콘텐츠제작지원1종 우수출판콘텐츠제작지원1종 등) 84,000권을 배포하였으며 전국 국공립 도서관과 작은 도서관에

200개의 스푼

배포되어 장애인문학의 창의성, 대중성, 역사성을 바탕으로 장애인문학의 확산과 보급을 이어온 대전광역시·대전문화재단을 알리는데 일조하였습니다.

결국 이러한 성과는 지속성을 담보해야만 가능한 일입니다. 대전광역시·대전문화재단은 물론이고 사회적 가치를 위한 사회적 함의의 바탕은 시민 여러분입니다. 장애인문화운동이 곧 권익임을 인지해 주시고 응원해 주시길 바라며 참여한 작가들 그리고 함께 수고한 운영진에게도 진심으로 감사드립니다.

2023년 12월

전문예술단체 〈장애인인식개선오늘〉

대표 박재홍

발간사

남쪽으로 왔다. 매일 반짝이는 바다와 투명한 햇살을 무상으로
쓴다. 간간이 불어오는 바람도 덤으로 얹어서. 수도권의 빠른 흐름
을 생각하면 이곳의 움직임은 느리다. 지나가는 자동차를 빼면 다
천천히 흘러가는 듯하다. 그러나 그것이 정말 느린 것은 아니다.
어느 틈에 벼를 베는가 싶으면 밭을 갈고 바로 마늘을 심는다. 이
윽고 겨울이 되면 푸른 마늘잎이 바람에 흔들거린다.

두 번째 에세이집 이후로 많은 일이 있었다. 처음 해보는 일이 많
았다. 두렵고 흔들리는 날들이었다. 그러나 두려움과 흔들림 속에
서 느리게 가더라도 조금씩 앞으로 가고 있다고 스스로를 위로한
다. 가을 지나 겨울, 그 겨울 지나 유채꽃처럼 노란 봄빛 환하게 올
날을 기다린다.

나의 가장 안쪽인 두 딸에게 먼저 이 책을 주고 싶다.

2023년 12월
최지안

작가의 말

차례

발간사 _____ 005

작가의 말 _____ 009

1부

삶의 쓴맛

— 내가 사랑하는 방식

마지막 _____ 019

커피, 그 중독에 대하여 _____ 023

벽 _____ 026

저녁이 되지 못한 것들은 어디로 숨었을까 _____ 030

놓치다 _____ 033

바닥을 치다 _____ 037

오래된 부고 _____ 040

저녁은 드셨나요? _____ 044

엎지르다 _____ 047

길을 잃다 _____ 050

2부
삶의 **단맛**
— 처음과 끝이 동일한 맛

아포가토(Affogato)의 미학 _____ 055

200개의 스푼 _____ 058

벚꽃 연서(戀書) _____ 062

나의 남자 _____ 065

자작나무 _____ 068

월요일의 직무 _____ 072

도긴 개긴 _____ 075

허들링 — 온기에 대하여 _____ 078

정장 퇴출시키기 _____ 081

봄의 조향사 _____ 084

3부

삶의 **깊은 맛**

― 위로받고 싶은 날에는

감자 수프 _____ 089

그 여자 _____ 092

공간에 대하여 _____ 095

아이에서 어른으로 바뀌는 기준점 _____ 098

겨울 이야기 _____ 101

잃거나 혹은 잊거나 ― 도공의 아내 _____ 105

손톱 _____ 109

나의 2월들 _____ 116

내리막에는 브레이크가 없다 _____ 119

경로이탈 _____ 123

4부
삶의 감칠맛
— 무르고 터진 토마토 같은 날에는

뒤를 말한다면 _____ 129

재능과 외모의 역학관계 _____ 132

홍콩의 일기예보 _____ 137

나를 따라다닌 고양이 _____ 140

국 끓여 먹을지라도 _____ 143

놀이터 _____ 146

스피커 _____ 149

각을 맞추다 _____ 152

그림자를 따라서 _____ 155

브루스케타 _____ 160

5부

삶의 아린 맛
— 우리는 얼마나 많은 4월을 놓쳤을까

4월의 샌드위치 _____ 165

맨발 _____ 168

무화과 익어가는 빈집 _____ 171

박주가리 _____ 175

플로리다로 큰애를 보내고 _____ 179

크리스마스를 기다리며 _____ 183

wintering _____ 185

엄마, 나, 그리고 딸 _____ 188

앵두꽃 흩날리는 밤 _____ 192

추락할 수 없는 사내 _____ 195

동백의 말 _____ 200

유배의 시간 _____ 203

멀다 _____ 206

1부

삶의 쓴맛

— 내가 사랑하는 방식

마지막

꽃잎이 바람에 날리듯 아쉬운 말. 마지막이라는 것은 가서는 다시 올 수 없는 말이다. 마지막이라는 말을 입 밖으로 내밀었을 때 우리는 벌써 마음을 돌린 이후였으리라. 마지막 장면 하나 가슴에 품고 발길을 돌리는 것이리라.

회귀할 수 없는 것은 안타까움과 먹먹함이 느껴진다. 마지막 가는 길, 마지막 한마디처럼 '마지막'이라고 입을 닫는 순간 무거운 침묵이 눈앞을 막는다. 마음 단단히 먹고 내뱉는 말. 몇 번을 거듭하여 생각한 끝에 내리는 결정이기에 '다시 한번'이라든가 '그래도'라는 말이 끼어들 자리가 없다. 그럼에도 한 번쯤 뒤돌아보고 싶은 말이다.

영어의 'last'는 여운이 남는다. last scene, last mohikan, last carnival처럼 아련하고 슬프고 때론 비장미까지 흐른다. 영화 〈라스트 사무라이〉의 마지막 장면이 그렇다. 주인공과 죽어가는 마지막 사무라이의 뒤에 연분홍 벚꽃이 바람에 날리고 있었다. 지는 벚꽃과 죽음이 겹치는 장면. 그 한 컷이 마지막이라는 단어를 훌륭하게 표현하고 있다는 생각이 들었다.

일산에서의 마지막 날이었다. 몸 상하지 않게 잘 지내라는 스승의 전화에 마음이 눅눅해졌다. 호수공원을 걸었다. 수양버들이 연초록 가지를 늘어뜨리는 4월의 첫 번째 일요일이었다. 공원으로 가는 계단의 귀퉁이마다 연분홍 꽃잎이 쌓여있었다. 마치 지금이 마지막이라는 듯.

5개월 정도 머물렀나? 지방에 자주 내려가 있어서 실제 머문 날짜는 반도 채 되지 않았을 것이다. 오피스텔로부터 반경 1.5킬로를 넘지 않고 지냈다. 짧지도 않건만 그렇다고 길게 머문 것은 아니어서 영 정이 들지 않았다. 그래도 그곳이 나쁘지 않았던 것은 알라딘 중고서점과 호수공원이 있어서였다. 그 두 곳은 낯선 도시에 머문 내게 적잖은 위안을 주었다.

중고서점은 틈이 날 때마다 갔다. 최소한의 짐만 들고 오피스텔에 머문 터라 변변한 책이 없었던 나는 언제든 책을 볼 수 있는 곳이 지척에 있다는 사실만으로도 좋았다. 서점에 내어다 팔은 책들은 내가 산 가격보다 몹시 헐한 값으로 매겨졌다. 불과 며칠 사이에 8천 원에 구입한 책을 천 원에 되팔았다. 책을 되판 돈으로 다시 새 책을 샀다. 그것의 몇 배나 넘는 가격으로. 요즘 셈법으로 치자면 밑지는 장사였지만 바닥 얕은 내게 영 밑지는 것은 아니었다.

중고서점과 더불어 마음에 들었던 곳은 호수공원이었다. 공원을 혼자 돌면 한 시간은 족히 넘었다. 나는 자전거를 빌려 공원을 돌

　　　　　　　　　　　　　　200개의 스푼

기도 했다. 바람이 귓불을 얼얼하게 만드는 것도 나쁘지 않았다. 다행이었다. 마지막으로 호수공원의 봄을 볼 수 있어서. 꽁꽁 언 호수와 헐벗은 나무만이 공원의 이미지로 남을 뻔했다. 그러니까, 호수의 봄은 일산이 내게 준 마지막 선물이었다.

일산에서의 생활은 마지막을 기다리는 날들이었다. '여기까지야'라고 속으로 다짐하는 날이 많았다. 걸으면 열 발자국도 넘지 않는, 옆집의 기침소리가 새어드는 오피스텔에서 이제 다 왔다고, 조금만 참으면 되리라고 다독였다.

서류를 비롯한 많은 마지막에 도장을 찍은 후였다. 이젠 필요 없는 직함들과 함께 그동안 누렸던 혜택과 작은 사치와 소심한 허영도 살던 집에 놔두고 왔다. 내가 가져온 것은 한 계절을 지낼 옷가지와 노트북, 커피포트 수저 같은 먹고 사는데 실질적인 것과 헐거워진 나를 지켜줄 자존감이었다.

벚꽃이 바람에 날리는 공원을 걷던 일산에서의 마지막 날. 내가 밟았던 마지막들이 발끝에 채였다. 마지막이라며 매몰차게 박차고 나왔던 문. 마지못해 물러났던 일과 분노하며 닫았던 것들. 어쩔 수 없이 놓았던 아픈 인연들은 상처로 남아 올이 풀린 채 기억 속을 배회하겠지.

나를 따라다닌 마지막들. 마지막으로 보았던 할머니의 얼굴, 마지막으로 잡았던 언니의 하얀 손. 누군가에게 보낸 마지막 메일. 마지막으로 받은 선물. 마지막 자동차의 빛나던 별. 그리고 나의 왼쪽 눈이 마지막으로 보았던 높고 파란 하늘.

닫힌 나의 왼쪽 눈처럼 돌아올 수 없어서, 가서는 영 오지 않아

서, 하나 남은 눈마저 언제 닫힐지 모르는 두려움과 다시는 돌아갈
수 없는 것들의 마지막을 위로하느라 잠이 오지 않았다. 그날 일산
을 마지막 목록에 끼워두었다.

커피, 그 중독에 대하여

나는 카페인 중독자다. 커피를 마셨을 때의 느낌은 팽팽한 환희
다. 더 이상 졸음이 오지 않는 것. 뜨겁지도, 너무 차갑지도 않는
영상 2℃ 같은 신선한 이성. 그 아삭한 긴장이 좋다. 늙은 염소가
먹고 정력이 세졌다는 악마의 열매. 그것만이 나른한 정신을 깨울
수 있다.

카페인과의 첫 만남은 커피믹스였다. 커피와 프리임과 설탕이 혼
합된 느른하고 달짝지근한 가루. 그 맛에 이름을 붙인다면 '너에게
녹아드는 순간'이라고 말하고 싶다. 달고 부드럽고 조금은 싱거운
귀한 맛. 두근두근 심장 소리가 들릴 것 같은 맛. 혀에 감겨 속삭이
는 맛에 나는 위로를 받았다. 그건 특별하고 서구적이며 우아하고
세련된 맛이었다.

하지만 원두커피가 일반화되면서 그것은 흔한 맛이 되어버렸다.
필립스 커피 메이커가 커피믹스를 촌스런 맛으로 밀어버렸기 때문

이었다. 언제 어디서나 간편하게 즐기게 된 커피믹스는 과거의 애인으로 밀려버렸다. 누구나 아는 맛은 더는 나를 흥분시키지 못했다. 그러니까 내게 있어서 흔해진다는 것은, 더 이상 두근거리지 않게 된다는 말이기도 했다.

내가 커피를 사랑하는 방식은 늘 중독이었다. 대체불가능. 그것이 아니면 견딜 수 없는 그 무엇. 마지막 남은 초콜릿처럼 안타깝고 간절하고 초조하다. 커피를 마시지 못해 불안해지다가도 마시면 이내 평안해지는 것이다. 아침에 마셨어도 점심이면 또 마시고 싶고 하루라도 마시지 않으면 머리가 터질 것 같다. 카페인만이 흐릿한 정신을 또렷하게 해준다.

중독성이 있다는 점에서 커피와 사랑은 공통점이 많다. 상대를 만났어도 뒤돌아서면 또 보고 싶고 하루라도 보지 못하면 심장이 터질 것 같고 상대만이 절대적 의미를 가지는 것이다. 그 중독을 견디지 못해 사람들은 결혼을 하는 것이 아닐는지.

아무래도 커피와 사랑은 연관성이 깊어 보인다. 왜냐하면 사람들은 관심 있는 상대에게 '커피 한 잔 하실래요?'라고 말한다. 아마도 커피를 마심으로 해서 또 다른 아름다운 중독에 빠지길 바라는 마음이 자연스레 작용하게 되어서 그런 것이 아닐까. 그러나 아름다운 중독은 때로 돌이킬 수 없는 파멸을 가져오기도 한다. 약물이나 알코올에 중독되어 자신을 그 안에 매몰시키는 경우처럼 사랑도 그렇다.

'엘비라 마디간'이라는 영화가 기억난다. 서커스 단원인 줄 타는 소녀 엘비라와 탈영병이 된 유부남 식스틴의 파멸을 위한 사랑이야기다. 들판에서 나비를 쫓는 엘비라. 그리고 두 발의 총성을 끝으로 아름답고 짧은 그들의 사랑은 거기서 멈춘다. 인정받지 못한 사랑이 벼랑 끝에 다다른 것을 예견한 그들은 사랑을 위해 기꺼이 자신들의 사랑을 죽음으로 끝낸다. 중독된 사랑과 파멸. 전반에 흐르는 모차르트 피아노 협주곡 21번의 잔잔하고 아름다운 선율이 마지막 총성과 대조되어 영화의 비극성을 한층 더 돋보이게 한다.

터키 속담에 커피는 지옥처럼 검고 죽음처럼 강렬하고 사랑처럼 달콤해야 한다고 했다. 나도 사랑에 대하여 이렇게 요구한다. 사랑은 커피처럼 검고 커피처럼 강렬하며 커피처럼 달콤해야 한다고. 사랑을 하려면 지옥의 끝까지 내려갈 각오도 해야 하는 것이라고. 단테와 베르길리우스 앞에 나타난 파울로와 프란체스카처럼.

중독에 취약한 사랑의 부작용이 또 있다. 그것은 상대를 환상적으로 본다는 점이다. 이것을 심리학 용어로 바꾼다면 '이상화'다. 프로이드가 말한 방어기제의 하나로 사랑에 눈이 멀어 상대를 좋게만 보는 것을 말한다. 결점을 전혀 보지 못한다.

확증편향도 있다. 상대를 너무 이상화한 나머지 그것을 뒷받침해 줄 정보에만 주목하고 그 외의 다른 사실들은 외면해버리는 것이다. 포크로 찍듯 정보도 편식을 한다.

요즘 자신의 정치 논리만 이상화하고 다른 사실들은 보려고 하지도 않는 확증편향을 가진 중독자들이 보인다. 보고 싶은 곳만 보고 듣고 싶은 것만 듣는다. 사람의 심리는 어디서나 비슷한가보다.

벽

기침이 벽을 타고 넘어왔다. 502호와 내 방을 맞댄 콘크리트 벽을 넘어 모로 누운 내 귀에 노크도 없이 들어왔다. 폐에서 오래 삭였을 기침은 쉬 멈추지 않았다. 암벽을 오르듯 기관지를 힘겹게 오르다 다시 내려가기를 반복했다. 벽을 사이에 두고 기침의 주인과 나는 불면의 밤을 공유했다.

소리는 조용한 틈을 비집고 들어왔다. 내가 정신없이 설거지를 하고 빨래를 개고 시집 하나를 쪼개 반만 베어 먹을 때에도. 그 나머지를 책상 위에 던져 둔 채 노트북을 열어 만지작거리는 동안에도 잠잠했다. 그러다 자려고 누우면 그때서야 쿨럭쿨럭 기어들어 왔다.

12월의 마지막 날 밤에는 한 해를 보내는 송년사가 들려왔다. 친구들이 방문한 모양이었다. 얼근해진 소주잔이 부딪치며 안부를 물었다. 나이든 남자들의 김빠진 건배사가 사다리도 없이 벽을 넘

200개의 스푼

어왔다. 502호와 맞붙은 벽은 예고도 없었고 예의는 더더욱 없었다.

내가 머물던 곳은 오피스텔이 밀집된 곳 중의 하나였다. 오피스텔은 다양한 입주자들이 살았는데 젊은 사람들도 많았지만 더러 나이든 사람들도 있었다. 소비 인프라를 끼고 있어 젊은 세대들이 살기에 적합하기도 했지만 대형병원과 암센터가 주변에 있어 그곳을 드나드는 사람들의 수요도 감당했다.

오피스텔의 벽은 벽으로서의 자질이 부족한 모양이었다. 허술한 창을 봐서는 내벽 시공 또한 부실할 것 같았다. 개인의 프라이버시를 우선시한다는 오피스텔은 개인의 사생활보다는 업자에게 돌아갈 콩고물을 더 우선시한 것이 아니었을까. 골골한 나처럼 내장재가 형편없거나 아예 시공이 되지 않았을 지도 몰랐다.

502호 사내의 벽도 숭숭 바람이 들며나며 했으리라. 어느 순간 몸의 상태가 전 같지 않다는 것을 알았을 것이다. 벽처럼 단단하던 몸에 단순히 거미줄 몇 개가 아니라 굵직하게 금이 간 곳이 보였을 것이고. 그렇게 밀려 이곳 암센터가 가까운 오피스텔에 들어왔으리라. 그런 생각을 하니 기침소리를 견디는 수밖에 없었다.

건물의 뼈대인 벽은 건축에 있어 중요한 부분이다. 각각의 공간을 독립적으로 만들어 타인의 공간과 개인의 공간을 구분지어 준다. 사람들은 이 벽 하나를 사이에 두고 살아간다. 벽 하나를 낀 두 개의 공간은 전혀 다른 세계다. 벽 너머에서 어떤 일이 일어나는지 벽의 이쪽에서는 알지 못한다. 알지 못함으로써 우리는 안정감을 느낀다. 그러니까 벽은 나와 타인 사이의 물리적 심리적 경계인 셈이다.

언제부터인가 벽이 높아졌다. 개인의 프라이버시를 지켜준다는 기능을 앞세우며 벽을 세우기 시작했다. 세상은 수직의 삶을 질 높은 삶이라고 설정해 놓고 높은 마천루를 자본의 상징으로 인식하기 시작했다. 대나무 숲처럼 빽빽하게 솟은 층수 높은 아파트와 반짝이는 유리의 고층 건물이 자본주의의 상징처럼 도심의 이미지로 자리매김하는 사이 하늘은 더 좁아지기 시작했다.

그렇게 벽을 높인 건축이 들어서면서부터 마음의 벽도 높아졌는지 모른다. 건물만큼이나 높아진 사람 사이의 벽. 소통의 단절이다. 불신의 벽이고 무관심의 벽이다. 우리는 소통의 벽 앞에서 마음을 다치고 결국 등을 돌리기도 한다.

방들은 주인이 자주 바뀌었다. 주말이면 누군가는 짐을 쌌고 누군가는 짐을 풀었다. 그렇다고 어느 집이 들고 나갔는지는 알 수 없었다. 짐 들이는 소리가 나더라도 문을 열어 누가 이사 오는지 확인하지 않았다. 오피스텔은 칸칸이 나눈 벽에 각자의 삶이 어떤 형태로 펼쳐지든 참견할 수 없는 곳이기 때문이었다.

벽을 끼고 살면서 사생활의 벽을 단단히 세워야 하는 곳. 입을 다물고 벽처럼 등을 돌려야 한다. 엘리베이터 안에서 만나도 서로 등을 돌리는 것이 예의가 되어버렸다. 그것이 오피스텔의 예의이자 불문율이었다.

나도 어쩔 수 없이 그 규칙에 암묵적으로 동의한 한 사람이었다. 결국 오프라인 일상에서는 독립과 단절의 벽을 높이면서 온라인 소셜 네트워크 안에서는 공유와 소통을 외치며 살아가고 있는 것

200개의 스푼

이다.

　슬금슬금 겨울의 나사가 풀리더니 봄이 끼워지고 있었다. 단기 임대였던 오피스텔의 삶도 얼마 남지 않은 지점이었다. 문득 잠을 푹 자고 있다는 사실을 깨달았다. 언제부터인지 기침 소리가 나지 않았던 것이다. 예의 없던 소리가 없어져서 속이 시원해야 했는데 그렇지 못했다. 마음에 세웠던 무언가가 '쿵' 하고 무너지는 것 같았다.

　502호의 기침은 겨울의 벽을 넘지 못했다.

저녁이 되지 못한 것들은 어디로 숨었을까

비 오는 저녁. 누군가 와서 도시에 어둠을 풀어놓는다. 날이 궂으면 더 일찍 서둘러 소리도 없이 구석구석 시나브로 스며든다. 골목의 담 밑으로, 가로수 발등으로, 건물의 틈새 귀퉁이 깨진 화분에도. 이제 땅거미가 거리로 출근을 하면 사람들은 일터에서 퇴근을 한다.

학원 건물 편의점에는 남학생 두셋이 모여 컵라면이나 삼각김밥을 먹으며 떠든다. 편의점 옆 카페에는 주문을 마친 여학생들이 버블티를 들고 건물 안 엘리베이터로 사라진다. 무거운 가방을 메고 비릿한 냄새를 몰고서. 학원과 독서실이 허기진 그들을 흡수한다.

밥과 술과 커피를 파는 업소들이 기지개를 켜기 시작한다. 우산을 준비하지 못한 난감한 얼굴 뒤로 상점의 불빛이 환하다. 거리는 빗소리보다 더 가쁜 발걸음 소리가 보도블록을 밟는다. 어딘가로 향하는 빠른 걸음들. 상점으로 식당으로 정거장으로. 저녁의 풍경

밖으로 우산들이 바쁘게 흩어진다.

언젠가 벨기에의 작은 도시에서 맞았던 저녁이 생각난다. 안트워프였던가. 크리스마스를 얼마 지나지 않은 계절이었는데 저녁 여섯 시가 되자 거리의 불빛들이 꺼지기 시작했다. 약속이나 한 듯 상점들은 문을 닫았다. 낮엔 관광객으로 활기를 띠던 마을이 저녁이면 모두들 집으로 가고 텅 비었다. 날은 추워지고 사람들은 점점 줄어들더니 바람만이 기웃거릴 뿐 거리는 한산했다.

유럽의 다른 마을들도 대체로 비슷했다. 해가 지면 집에서 식구들과 얼굴을 맞대고 식사를 하는 것이 그곳 사람들의 휴식이었다. 작은 동네라도 밤이면 더욱 시끌벅적하고 화려하게 변하는 한국의 저녁과 대조적이었다.

퍼즐을 맞추듯 아파트도 하나 둘 불이 켜진다. 불 켜진 집의 불빛이 불 꺼진 집의 어둠을 더 깊어 보이게 한다. 그 문 앞에 아직 도착하지 못한 저녁을 기다리는 누군가가 까치발을 하고 서성이는 것 같다.

집으로 가지 못한 발걸음은 어느 곳으로 향하고 있을까. 학원으로, 음식점으로, 강의실로. 혹은 지하철 계단, 대합실 구석진 자리로 가고 있을까? 뭍에 닿지 못하고 섬으로만 떠도는 배처럼.

목표라든가 희망이라든가 혹은 친목을 위하여 귀가를 하지 못하는 사람들. 이들은 자신을 닮은 눈빛이, 따뜻한 국과 밥이 기다리는 집으로 가지 못한다. 틀어진 넥타이를 풀고 양말을 벗은 채 거실 바닥을 딛는 저녁을 누리지 못한다. 소파와 티브이 사이에 아무렇게나 다리를 올려놓고 반쯤 눕거나 앉아서 오늘 있었던 얘기를 조였던 허리 벨트를 풀 듯 느슨하게 지껄이는 그런 저녁을 놓친다. 늘 그 자리에 있어서 중요한 줄 모르는 부모나 자녀, 혹은 배우자의 존재처럼.

그러다 나이가 든 어느 날 문득 깨닫게 되겠지. 그 많은 저녁을 부재중으로 채워버린 날들에 대하여. 돌이키기에는 너무 늦은 시간에.

돌아갈 집이 없는 지친 발걸음들. 집이 있어도 맘 편히 들어가지 못하는 사정들. 이러저러한 약속으로 거리에서 저녁을 탕진하는 젊음들. 저녁을 잃은 세대. 저녁을 저당 잡힌 직장인들. 저녁을 모르는 학생들. 그들이 집에 들어가 다리를 뻗을 수 있는 그런 저녁을 소망한다.

'저물녘'이라는 말. 저문 것도 아닌, 환한 대낮도 아닌 그 어스름한 말은 저물어서 어렴풋하고 무렵이라서 모호하고 불안하다. 그 저녁의 지점에 이르면 나는 아무것도 아니어서, 어디에도 낄 수 없어서 서럽고 쓸쓸해졌다. 주변이나 언저리를 배회하던 유년의 버릇처럼 슬퍼지는 저녁이라는 말. 그 말을 되씹으면 차마 집으로 가지 못했던 어둑어둑한 저녁들이 떠오르곤 한다.

그러면 나는 서둘러 집으로 들어가 저녁상을 차리고 싶어진다. 비 오는 어스름. 집으로 가지 못했던 유년의 나를 부르고, 집으로 가지 못한 모든 저녁을 불러다 앉혀놓고 된장찌개에 고등어를 노릇하게 구워 숟가락을 쥐어주고 싶어지는 것이다.

200개의 스푼

놓치다

꽃을 놓쳤다. 꽃가지를 꺾었는데 바닥으로 흩어졌다. 손은 빈 가지만 쥐고 있었다. 모래를 쥐었다. 손을 폈지만 시간 속으로 파묻혔는지 모래의 흔적이 없다. 쥐고 있다고 믿었지만 손을 펴면 아무것도 없다. 그런 꿈을 꾸는 날 되돌아올 수 없는 것들의 목록을 펼친다. 책갈피에 꽂아둔 단풍잎과 지난봄 보리수 가지에 남기고 간 새의 깃털 같은 것들을.

내 손은 무엇이나 잘 놓쳤다. 손을 놓치고 그릇을 놓치고 기회를 놓쳤다. 놓친다는 것은 안타까운 언어다. 나를 떠난 언어는 다시는 돌아오지 않는다. 간혹 다시 오더라도 언제인지 기약할 수 없다. 입술 밖으로 나온 말을 다시 주워 담지 못하듯 손을 놓은 관계들은 다시 손을 잡지 못했다. 그것들은 발자국을 지우며 고개 너머로 사라졌다.

손에서 놓친 것들은 엉뚱한 곳으로 가버렸다. 휴지는 하얗게 자신을 풀어헤치며 책상 밑으로 가서야 멈춰버리고 설거지하다 떨어진 접시는 와장창 몸을 부수며 바닥에 흩어졌다. 놓친 것들은 가속도가 붙고 엉뚱한 곳에 다다랐다. 의지와 상관없는 방향으로 흘러갔다.

놓친 것들의 공통점은 다시 오지 않는 다는 점이다. 놓친 버스는 다시 타지 못했고 시간을 소비하고 미팅을 망치고 사람을 놓치는 릴레이를 했다. 내가 놓친 기회는 경쟁자에게 돌아갔고 내가 놓친 돈은 누군가의 지갑으로 들어갔다.

내가 놓친 소중한 것들. 한 번 놓친 희망들은 바늘처럼 촘촘히 가슴에 와서 박히기도 했다. 소망하는 것들이 나를 떠날 때 식어빠진 체념과 김빠진 무기력을 남겨놓고 가곤 했는데 길면 며칠, 짧으면 하루 이틀 동안 손을 쥐었다 폈다 하면서 감정을 조절하느라 애를 먹곤 했다.

놓친다는 말은 하늘로 날아가 버린 풍선이다. 날개가 없는 것들에게 날아간다는 것은 아득한 실종이다. 아직도 기억에 또렷한 것은 동생이 놓친 풍선이었다. 그 헬륨 풍선을 우리는 '까치풍선'이라고 불렀다. 지금은 '에버랜드'지만 '자연농원'이라 불리던 곳에서 일어난 일이었고 봄과 여름 사이로 기억된다.

자연농원에 놀러가서 남동생은 조르고 졸라 풍선을 손에 쥐었다. 결코 싸지 않은 풍선을 부모님은 망설이다가 큰 결단을 내리듯 사주었다. 하얀 풍선. 가느다란 실에 연결된 하얀 고무풍선은 동생의 손놀림에 따라 우리 눈높이에 둥둥 떠 있었다.

그러나 동생의 행복은 길지 않았다. 집으로 돌아가는 버스를 기

200개의 스푼

다리다가 풍선 끈을 놓쳤다. 동생의 울음이 풍선처럼 하늘로 높이 올라갔다. 자연농원 안으로 다시 돌아갈 수 없는 상황이었다. 동생은 발을 구르며 울었다. 원망과 안타까움과 간절함이 묻은 동생의 울음은 하늘로 떠가던 풍선만큼이나 서럽고 아팠다.

　무엇을 놓칠 때마다 나는 하얀 풍선과 동생의 울음을 기억해 내곤 한다. 코발트색 하늘에 하얀 점으로 멀어져간 풍선. 소중한 것은 어처구니없이 떠나간다는 것을 알려주는 듯했다. 무언가를 놓쳤을 때 나는 하얀 풍선이 연상되었다. 동생의 그 집착처럼 끈끈하고 까맣게 절은 분노와 무력감을 되씹어 보곤 하는 것이다. 신은 내 편이 아니라면서.

　내게 있어서 놓치는 것과 풍선의 연합은 극단적 경험이었던 것 같다. 그것은 체념과 슬픔을 함께 몰고 왔다. 파블로프의 개처럼 조건 자극과 무조건 자극이 여러 번 연합해야 고전적 조건이 형성되지만 극단적인 고통의 경험은 단 한 번이라도 조건 형성 반응이 나타나듯 말이다. 전쟁이나 고문, 성폭력이나 가정 폭력처럼.

　내가 놓친 어떤 손은 다시 오지 못했다. 병실에 도착했지만 이미 그 손은 차갑게 식어있었다. 함박눈이 펑펑 쏟아지는 날이었다. 언니가 위독하다는 전화를 받고 급히 갔지만 자동차는 골목을 헤맸다. 무거운 눈 입자들이 하얀 꽃잎처럼 떨어져 차 유리창에 내려앉았다가 이내 녹았다. 저녁은 일찍 시작되었고 우리는 너무 늦었다. 마지막 인사를 그렇게 놓쳤다. 이승의 끈을 놓친 손은 차갑게 굳어 있었다.

　내가 놓친 것은 따뜻하고 아프고 슬픈 손이었다. 나를 업어준 손

　　　　　　　　　　　　　　　　　　　1부 삶의 쓴맛

이었고 등록금을 내어준 손이었고 내 생애 가장 사랑한 손이었다. 나는 끝내 그 손을 놓쳤다. 내가 놓친 것 중 가장 안타까운 것이었다. 그 손을 놓치고 나는 둘째에서 첫째가 되었다.

잡은 것보다 놓치는 일이 더 많다. 잡은 고기를 놓치고 집토끼를 놓치고 가까운 것을 놓친다. 눈앞의 편리함 때문에 정말 소중한 것들을 놓치는 것은 아닌지. 지금도 얼마나 많은 것들을 놓치고 있을까 나는. 그리고 우리는.

200개의 스푼

바닥을 치다

붉은 신호등 앞에서 차를 멈췄다. 사람들이 횡단보도를 건너간다. 샌들, 운동화, 구두가 하얀 선을 밟으며 우르르 간다. 저 신발들은 수없이 많은 바닥을 밟고 왔으리라. 아무렇지 않게 걷고 있어도 아무렇지 않게 살아온 것은 아니겠지. 그 바닥을 지나 여기까지 왔을 테니까.

바닥은 평평하게 넓이를 이룬 면이다. 공간의 가장 아랫부분으로 높은 건물의 각층마다 바닥이 있고 작고 네모난 상자에도 있다. 호수나 바다에 가라앉아 닿게 되는 것도, 추락하여 파멸하는 곳도 바닥이다. 걸음마를 하여 첫 걸음을 내디딘 것도, 삶의 마지막을 맞는 물리적인 공간도 바닥이다.

경제적인 어려움을 말할 때에도 쓰인다. 빚을 지거나 생활이 어려워져 닿게 되는 곳이다. 하루아침에 바닥으로 나앉았다거나 밑바닥 생활을 했다고 한다. 주가가 떨어질 때도 바닥으로 곤두박질

친다고 한다. 주로 어느 날 갑자기 내려앉는 경우가 많다.

아픔이 숨어 사는 곳이다. 한이나 슬픔은 아래로 내려앉는 경향이 있는지 아린 것들은 위로 올라가지 못하고 바닥에 쌓인다. 말 못한 상처와 슬픔이 가슴 밑바닥에 침몰한 배처럼 가라앉는 심리적인 공간이다.

물리적이면서 심리적인 말이다. 시장바닥, 건달바닥처럼 한동안 몸담았던 장소이거나 어떤 세계에서 정신적 기반을 이룬 곳이다. 그 바닥에서 30년을 일했다든지, 부산 바닥에서 잔뼈가 굵었다든지 할 때도 어김없이 나오는 만만한 장소이다. 또한 속이 보이거나 숨겨둔 진실이 탄로 날 때에도 바닥이 드러났다고 한다.

사람들 사이로 한 여자가 보인다. 낯익은 얼굴이 분명 상건 엄마다. 짧은 커트머리에 흰머리가 두드러져 보일만큼 거리는 가깝다. 하지만 그녀가 입은 회색 티셔츠처럼 무채색의 표정으로 앞만 쳐다보며 가는 그녀는 나를 보지 못한다. 신호 대기 중인 차 안에서 그녀의 발걸음을 쫓아간다.

작년이었다. 그녀의 남편이 죽었다는 연락을 받았다. 어느 날 갑자기 병이 들어 손을 쓸 수 없었다고 했다. 장례를 치르던 그녀는 몹시 야위고 작아 보였다. 그렇잖아도 키가 작은 사람이 납작하게 바닥에 붙을 듯했다. 검은 상복에 하얗게 쪼그라들어 땅으로 꺼질 것처럼 보였다.

그 후로 그녀를 한 번 만났다. 장례식 때보다는 많이 평온해 보였지만 여전히 얼굴색이 어두웠다. 무슨 일을 하고 있는지 먼저 물어보지 않았다. 물어보면 벌금을 내라고 할 것도 아닌데 그 물음은 입 밖으로 나오지 못했다.

그녀는 지방의 친척 식당에서 일한다고 입을 뗐다. 너무 바쁜 곳이라 정신없이 일하다 보면 슬픔에 빠질 시간도 없다고 애써 웃으며 말했다. 일을 하고 있다는 말에 조금은 안심이 되었다. 기대던 벽이 무너지고 바닥이 꺼진 그녀에 대한 걱정만큼 곧 일어서리는 믿음도 없지 않았다. 남편이 남긴 하나밖에 없는 아들을 위해서라도 다시 일어날 것이라고 말이다. 옛날 얘기를 하며 보조개를 피우며 다시 웃을 것이라고.

삶은 어쩜 자동사가 아니라 피동사일지 모른다. 사는 것이 아니라 살아내는 것이리라. 의도하지 않아도 물살에 떠밀리는 잎사귀처럼 밀려서 가장자리에 닿는 것이리라. 그렇게 바닥까지 내려가더라도 또 다른 무엇에 떠밀려 살아낼 희망이 보이는 곳도 바닥이 아닐는지.

바닥의 속성은 더 이상 내려갈 수 없다는 데 있다. 내려갈 곳이 없다면 올라갈 일만 남았다. 그래서 바닥에 내려왔을 때가 모든 시작점이고 전환점이고 출발점이다. 더 이상 잃을 것이 없는 사람은 용감할 수밖에 없다. 그 힘으로 바닥을 치는 것이다. 바닥의 진정한 힘은 희망에서 나오므로.

그녀는 바닥을 치고 올라섰을까? 차에서 내려 부를까 하다가 그만 둔다. 사거리 한복판이었고 신호는 곧 바뀔 것이다. 사거리 신호등처럼 그녀의 인생 신호등도 언젠가 푸른색으로 바뀔 것이다. 그렇게 믿는다.

횡단보도를 건넌 그녀가 서두르지도 느긋하지도 않은 보폭으로 걸어간다.

오래된 부고

화요일의 비. 봄비는 소나기처럼 내리지 않는다. 새싹들을 위해
살살 내리라고 자연이 배려해 준 설정이다. 이 비에 작년에 떨어진
낙엽은 썩고 움튼 싹은 고개를 들것이다. 그사이 매화 꽃눈이 겨울
의 봉제선을 뜯으며 카운트다운을 한다. 이미 기울어진 것들은 새
로운 것들의 거름이 되라고, 그런 거라고 다독이듯 하루 종일 비가
내린다.

그의 페이스 북에 들어가니 부고가 와 있었다. 시간이 많이 흐른
부고였다. 종이였다면 벌써 모서리가 해지고 구겨졌을 시간. '고
James 님은 ○○년 ○월 ○일 소천하셨습니다' 자신의 부고를 누
군가에게 댓글로 받은 사내. 페이스 북에 누군가 그의 죽음을 메시
지로 알린 것이었다. 그것을 끝으로 그의 페이스 북엔 올라온 소식
이 없었다. 한동안 연락이 없는 사람의 집에 궁금해서 갔다가 사망
한 사실을 알게 된 듯 황망했다.

200개의 스푼

갈아놓은 커피를 비알레티 주전자에 꾹꾹 눌러 담아 끓인다. 커피 향 감도는 집안에서 비 오는 창밖을 바라본다. 커피는 향으로, 비는 소리로 서로를 끌어당겨 한 장의 사진처럼 풍경을 만든다. 어느 시인이 그랬다. 빗소리는 비가 내는 소리가 아니라 비가 부딪치는 소리라고. 창밖의 비보다는 창 안의 나를 좋아한다고. 말하자면, 창 안에서 본 창밖의 풍경. 누군가의 죽음보다 SNS라는 프레임을 통해 죽음을 보는 자신이 슬퍼지는 것이라고 해석해도 아주 틀린 말은 아니겠지.

잡곡이 들은 병을 행주로 닦는다. 차르르 차르르. 병을 기울이면 낟알들이 기울어진 쪽으로 쏠리며 마찰음을 낸다. 흑미, 귀리, 현미, 보리, 콩, 찹쌀. 유리병 안에 든 낟알들이 내는 소리는 크기에 따라 다르다. 낟알의 입자가 크면 요란하게, 자잘하면 조용하게 나는 소리들. 무게 중심이 기울어지며 무거운 쪽으로 내려가는 소리. 그 소리에 마음이 내려갔다가 올라간다. 이미 기울어진 어떤 생은 무게를 던지고 지금쯤 가벼워졌겠지.

언제부터였을까. 그러니까 작년에 그가 죽었고 그때부터 우리는 소통하지 않고 있었다. 소식을 올리지 않으면 그대로 잊히는 것이 그 세계의 특성이니까. 얼굴도, 나이도, 어디 사는지도 모르는 SNS 친구. 그는 가끔 기타를 연주하며 부른 노래를 올렸다. 노래는 잔잔했다. 적당히 허스키하고 낮았다.

화분을 테라스로 옮겼다. 비를 맞본 가녀린 잎사귀가 고개를 쳐들었다. 축하 난 '만천홍'을 받쳐주기 위해 따라온 미니야자다. 만천홍은 꽃이 지고는 얼마 살지 못하고 뽑혀나갔다. 곁방살이하던 미니야자는 저 혼자 남아 넉넉하게 화분을 차지했다. 미니야자의 생은 손바닥 뒤집듯 조연에서 주연으로 바뀌었다. 짧은 주연보다 길게 남는 조연. 나라면 어느 쪽을 선택했을까. 짧지만 강한 생일 까. 길고 싱거운 생일까.

자신의 흔적을 미처 가져가지 못한 사내. 마지막 그가 남긴 노래는 이문세의 '광화문 연가'였다. 향긋한 5월의 꽃향기가 목젖으로 넘나드는 40대, 혹은 50대 남자의 목소리. 자신의 죽음을 예견이라도 한 것일까? 광화문 연가라니.

그는 지상에 없고 불렀던 노래는 SNS에 남았다. 가끔 고음에서 가늘어지는 노래는 생전 그의 존재가치에 비하면 아무런 가치가 없는 것이었다. 노래가 그의 존재보다 무거울 수 없으니까. 그러나 지금 그는 존재하지 않는다. 그러므로 그가 불렀던 노래는 남아 있어서 이제는 죽은 그보다 더 무겁다. 그만큼 인간은 가벼운 존재였던가. 그가 죽음으로서 그는 노래보다 더 가벼운 존재가 되었다.

매일 같은 풍경의 창밖을 본다. 어두워지는 책상 앞에서 저녁이 도착하는 것을 지키고 옆집 창에 불이 켜지고 보일러 연통에서 김이 피어오르는 저녁을 응시한다. 조심스럽게 울타리 위를 지나는 고양이의 보송한 발목을 쳐다보는 날은 운이 좋다고 생각한다.

내가 지금 하고 있는 일들. 글을 쓰거나 사진을 찍는 행동. 무겁거나 가볍게 채색되는 일상들은 평온하다. 그러나 생이 기울어질 때 그런 일상은 간절하고 소중해지겠지. 그리고 어느 날에는 그 일상이 나보다 더 무겁게 남겠지. 내가 없는 지상에서 책이나 SNS에 남긴 사진이나 글이 남겠지. 주인은 없는데.

지금쯤 그는 희미해졌을 것이다. 그가 무거웠던 짐을 내려놓고 자신의 영혼을 거둬 존재의 중심 밖으로 가지고 나간 후 지상에 남겨진 그의 생물학적 육체는 자연으로 돌아가는 순서를 밟아 가벼워졌겠지. 무거운 것은 가볍게 되었고 가벼운 것은 무겁게 되었다. 낱알이 무게 중심을 옮기듯 무겁다가도 가벼워지고 가볍다가도 무거워지면서 돌고 도는 것이겠지.

　무언가 가슴을 뚫고 창밖으로 빠져나간다. 뚫린 사이를 빗소리가 채운다. 누군가 그의 계정을 삭제하고 탈퇴처리를 하지 않는 이상 목이 쉬도록 노래를 반복할 사내. 하긴, 지상에서는 타인이 장례식을 치러주지만 SNS상에서는 본인도, 누구도 장례를 치를 수는 없겠지.

　SNS가 파놓은 무덤으로 걸어 들어간 남자. 그가 마지막으로 불렀던 노래를 듣는다. 언젠가는 우리 모두 세월을 따라 떠나간다고. 그래도 눈 덮인 조그만 교회당은 남아있다고.

　　　　　　　　　　　　　　　　　　　　　　1부 삶의 쓴맛

저녁은 드셨나요?

　누군가에게 전화라도 걸고 싶은 저녁. 차에 앉아 휴대폰 연락처를 들여다본다. 바이러스 때문에 사람들을 만나지 못한 것이 여러 날. 만만하게 전화할 만한 이름을 떠올려본다. 몇 명 되지 않는 중에서 퇴근시간이라 망설여지는 몇을 빼고 나면 한둘 정도만 남는다. 한 사람에게 전화를 건다. 신호음이 울어도 받지 않는다. 바쁜 시간이니 당연하다.

　저무는 하늘 끝으로 시선을 돌린다. 나무가 보인다. 하늘로 뻗은 가지가 허공을 나눈다. 가지와 가지 사이 삼각이나 사각으로 분리된 허공. 그사이에 걸린 저녁의 채도가 짙다. 이내 나뭇가지와 허공의 경계를 어둠이 흐려 놓는다. 경계가 모호해진다.

　심리적인 경계는 보이지 않는다. 타인들이 암묵적으로 설정한 경계가 그렇다. 나만 모르는 경계를 타인들이 공유하면 '왕따'가 된다. 그 경계는 성벽처럼 견고하다. 빈틈 하나 없이. 어쩌면 그것은 내가 만든 경계선이었을지도 모른다. 스스로 만든 선 안에서 바깥을 바라보는 것. 일명 '자발적 왕따'라고 하지. 생각해보면 내가 먼저 뒤돌아서고 금을 그어 놓은 경우도 있지 않았던가.

환했던 낮은 침몰하는 배처럼 조금씩 어둠에 잠긴다. 나무들도 검은 형상으로 굳어간다. 어느 누가 저 어둠을 말릴 것인가. 천천히 집요하게 스며드는 어둠. 눈치 채지 못하게 부드럽고 강력하게 밀고 들어오는 저 무서운 힘. 어둠은 힘이 세다. 역사상 어둠을 둘둘 말아 자루에 집어넣었다는 인물은 없었으니까. 골목으로 어둠이 기어 들어온다. 추위를 등에 지고 낮은 포복으로.

확진자를 카운트하는 날들의 연속이다. 숫자는 매일 갱신된다. 그럴수록 두려움의 무게도 늘어간다. 생활 경계선 밖으로 도통 나가고 싶지 않다. 사람들을 만나고 싶어도 참는다. 한두 번의 기침에도 덜컥 신경이 곤두서고 관련 뉴스를 보면 심장박동 수가 올라간다.

어쩌다 이리 되었을까. 1월 만해도 중국 우한 지역을 안타깝게 생각했는데 이젠 남의 얘기가 아니다. 코로나19 바이러스 환자가 갑자기 늘면서 사람들은 활동 범위를 줄이기 시작했다. 이젠 너도 나도 물리적인 경계선을 긋기 바쁘다. 각자의 경계선 안에서만 생활한다. 바이러스가 퍼진 이후의 모습이다. 자발적인 격리가 모두를 위한 예방책이 되었다.

두 번째 연락처를 누른다. 신호음이 얼마 울리지 않았는데 기다리기라도 한 듯 바로 받는다. 오히려 당황스럽다. 받지 않으리라고 생각했는데 생각보다 빨리 받아서 무슨 말을 할지 모르겠다. '저녁

       1부 삶의 쓴맛

먹었나요?' 그냥 일없이 묻는다. 저쪽도 '아직'이라고 받는다. 마지막으로 바이러스 조심하자고 마무리를 짓는다.

저녁 먹었나요? 누군가에게 물었던 적이 많다. 그러고 보니 밥을 먹었냐고 묻는 것보다 '저녁은 먹었나요?'라고 묻게 된다. 밥은 생략하고 아침이나 점심처럼 시간이나 때를 먹는다고 표현한다. 뭘 먹었는가보다 그 때를 거르지 않았는가에 중점을 둔다. 밥을 굶는 사람이 없어도 그런 안부를 묻는 이유는 잘 지내고 있는가를 묻는 것이리라. 끼니를 잘 챙겨 먹고 탈 없이 잘 지내고 있느냐는 안부의 다른 표현.

간단한 안부인데도 그 사람과 나와의 거리가 반으로 줄어든 듯하다. 전화 통화 몇 마디가 경계를 말랑거리게 만든다. 바이러스 때문에 물리적인 경계는 어쩔 수 없더라도 심리적인 경계는 쌓지 말아야지. 특히 요즘처럼 분노를 표출할 곳을 찾는 대신 말이지. 아무도 믿을 수 없어 서로를 피하게 되면서 서서히 미쳐가는 것이 아닌지 두렵기도 하다. 이럴 때 마음이라도 가까이 있다면 힘든 시기를 함께 밀고 가는 힘이 되지 않을까.

어둠이 경계도 없는 아가리를 벌리고 내 차를 서서히 집어삼킨다. 아니 내 나라를 삼킨다. 하지만 나는 안다. 아침이면 이 어둠도 걷히리라는 것을. 내가 할 일은 어둠을 지켜보는 일과 내일이 오는 것을 믿는 것이다. 그리고 휴대폰으로 문자를 보내는 것이다 '저녁은 드셨나요?'라고.

200개의 스푼

엎지르다

　때때로 울음을 엎지르곤 했다. 바닥으로 쏟아진 눈물. 내 속에 깊은 우물이 있는지 한 번 올라온 울음은 쉽게 멈추지 않았다. 언제 그 많은 울분이 가슴 바닥에 고여 있었을까. 눈자위 붉은 설움은 설탕물 흘린 자리처럼 끈적거렸고 울음의 끝동은 두통약으로 마무리 되곤 했다.

　엎질러진 감정을 다시 주워 담을 수 없었다. 입 밖으로 나온 감정은 질척였다. 주체 못한 감정이 출렁이다 흘러넘쳤다. 가시 돋친 언어들은 마시다 흘린 커피처럼 누렇게 남았다. 먹을 만큼 나이를 먹고서도 가끔 재발하곤 했는데 그때가 나의 임계점이었던 것 같다. 한 발 뒤로 물러나면 아득한 벼랑이었다.

　흔적을 남기는 말. 엎지른다는 말의 성분은 물이 아닐까. 눈물처럼 그렁그렁하게. 물처럼 흐르고 죽처럼 걸쭉하게 출렁이는 말. 그리하여 돌이키지 못하고 결국은 돌아서는 말. 울컥 쏟아놓고는 당황하여 수습하는데 애를 먹는 말.

살다보면 예기치 않게 감정이 제 맘대로 튀어나왔다. 장마전선처럼 기압이 낮은 곳에서 개구리 뛰듯 불쑥. 양서류의 표면처럼 축축하고 장마철 곰팡이처럼 일단 피고 나면 뒤처리가 깔끔하지 못했다. 엎지르고 닦지 못한 자리처럼 얼룩지던 관계였다. 다시 주워 담지 못해서 숙취 후 두통처럼 후회와 무력감을 남겨놓기도 했다.

엎지른다는 것은 중력의 지배를 받는다. 지상의 모든 것이 중력을 거스를 수 없듯 원래의 틀을 벗어나는 물질은 '엎지르다'에 떠밀려 밑으로 쏟아진다. 넘치는 것은 의지일지 모르나 원형을 벗어나 넘어버린 것은 의지 밖이다. 어쩌다 입 밖으로 나온 말이 일파만파 번지듯. 경계를 넘어 쏟아진 것은 나의 바운더리를 떠난다.

한 번 엎지른 감정은 원형대로 돌아가지 못했다. 처음보다 못한 결과도 나왔고 변질되기도 했다. 조심해도 쉽지 않아서 모질게 내뱉은 말 한마디에 끝내 돌아서지 못한 관계들도 있었다. 어떤 말들은 독해서 씻기지도 않고 지워지지도 않았다. 시간이 지나 낡고 풍화되어야 먼지처럼 날아갈 수 있을까.

그렇다고 엎지르는 것이 다 나쁜 것은 아니었다. 엎지르고 나면 시원해지는 것도 있었다. 탐탁지 않은 것을 엎지르면 후련해졌다. 힘이 부치는 것을 엎지르면 오히려 속이 시원해졌다.

안경을 사던 날이었다. 수치심이었는지 분노였는지 분간할 수 없는 감정들이 마그마 분출하듯 뿜어져 나왔다. 나는 아무도 묻지 않은 과거까지 뒤적이며 울었다. 시각장애를 숨기려고 애썼던 날들과 내게 와서 박혔던 말들과 콤플렉스로 묶인 장애를 쏟아냈다. 눈이 점점 더 어두워지는 것에 대한 두려움과 그동안 가두어 둔 설움이 눈으로 입으로 흘러내렸다. 나는 엎드려 마저 나를 엎질러 버렸다.

시인 이재무는 '엎지르다'라는 시에서 국그릇을 엎질러서 얼룩을 닦다가 자신을 돌아본다. 살구꽃 흐드러진 봄날의 감정이나 시간을 엎지르면서 살아왔다며 엎지른 것이 어디 국물뿐이냐고 반성을 한다.

내가 엎질렀던 것을 되돌아보는 밤. 책상에 엎드려 조용히 나를 엎지른다. 내가 엎질렀던 부끄러움 중에서 그나마 잘 엎지른 것도 있다는 것. 그 때문에 많은 실수를 눈 감으며 사는 것이라고 위로한다.

살구나무가 마당에 꽃을 하얗게 엎지르는 밤이다.

길을 잃다

어디서부터 잘못되었을까. 막다른 길. 산을 하나 뭉갠 자리에 흙길이 두세 개 갈라져 있다. 내비게이션에게 이 사태를 추궁한다. 어쩐지 편도 1차선 도로만 고집부리더니 사람도 없고 건물도 없이 공사 터만 닦아놓은 곳이라니.

정신을 차려 왔던 길을 되짚어 나간다. 기타리스트 하타 슈지의 시디를 틀어도 가라앉은 기분이 다시 올라오지 않는다. 경쾌한 음률인데 이런 곳에서 들으니 식은 커피처럼 씁쓸하다. 한적한 시골길. 낯선 곳에서 맞닥뜨리는 막막함이 나를 집어삼킨다. 결국 갓길에 차를 세우고 핸들에 머리를 묻는다.

내비게이션은 가끔 이렇게 뒤통수를 쳤다. 빠른 길을 알려준다면서 주행거리를 늘려놓기도 하고 바로 옆에 있는 도착지도 빙빙 돌게 했다. '이건 아니지' 하다가 '믿지 말아야 했는데'로 끝나곤 했다.

신뢰도 그런 식으로 깨어졌다. '설마' 하는 사이, 가까운 관계부터 금이 갔다. 그럴 리 없다고 믿은 사람이 마음은 가장 먼 곳에 있었다. 내 편이라고 생각했던 사람이 할퀴고 간 자리는 더디게 아물고 흉도 졌다.

주기적으로 업데이트를 해야 했다. 그렇지 않으면 안내가 느려지거나 새로 뚫린 길 대신 옛길을 알려주고 엉뚱한 곳으로 인도했다. 막다른 길이나 일방통행로 같은. 사람도 마찬가지일 것이다. 예전의 패러다임만 가지고는 현재를 주행할 수 없다. 수시로 업데이트해야 빠르게 변하는 물결에 따라 흘러갈 수 있다. '큰 물고기보다 세상의 변화에 빠르게 대처하는 작은 물고기가 더 강하다'는 클라우스 슈밥(다보스 포럼 설립자)의 말처럼 나도 수시로 성능을 점검하고 업데이트해야겠다. 오늘 같은 상황을 피하려면 말이다.

또 하나, 내비게이션에 너무 의존하지 말아야 했다. 편하다는 이유로 몇 번 갔던 길도 습관적으로 내비게이션을 켰다. 그동안 어디든 갈 수 있다고 자만했지만 내비게이션 없는 초행길은 꿈도 꾸지 못했다. 자연히 지리적인 공감각이 퇴화되었다.

비단 내비게이션뿐 아니다. 누군가에게 기대는 삶을 멸시하면서도 그 기득권의 수혜자로서 그것을 이용하고 의지해 왔다. 무언가에 의존하는 삶. 부모에게, 자식에게, 배우자에게, 혹은 알코올이나 도박에 기대는 삶은 심리적 자립심을 퇴화시켜 스스로를 허물어버리고 말겠지.

종종 길을 헤맸다. 살면서 오늘처럼 막다른 길이 나올 때, 생각지 못한 복병과 만날 때 나는 길을 찾기보다 미아처럼 우는 일이 먼저

였다. 누구도 가르쳐줄 수 없는 길을 아무도 가르쳐주지 않았다고 탓을 했다. 그 길이 아니라면 돌아서 나오면 될 것을.

여기에 오기까지 몇 가지 길. 시도하지 않고 지레 겁먹은 길. 포장도로인 줄 알았는데 진흙투성이였고 침몰하는 줄 알면서도 발목을 빼지 못한 길이 있었다. 그리고 누군가와 걸어왔던 길도 있었다. 그 길을 읊으면 어느 이름에서 마음이 멈추었다.

당신에게로 가는 길을 잃었다. 세상에 채이고 넘어질 때 마음을 기대던 곳. 하지만 나의 내비게이션은 당신의 지번을 검색할 수 없다고 했다. 행복의 기착지를 검색하면 어디쯤에 있던 이름. 그러나 이제는 더 이상 나의 지도에 존재하지 않는다. 그곳은 이미 산화한 섬이고 수몰된 지역이고 되돌아갈 수 없는 폐역이었다.

삶의 단맛

― 처음과 끝이 동일한 맛

아포가토(Affogato)의 미학

　밤을 건너온 잠의 눈꺼풀이 무겁다. 간밤, 문장을 인수분해 하던 신경은 뒤꿈치를 들고 꿈의 언저리를 헤맸다. 몸은 나른하고 정신의 초점은 흐리다. 카페인의 힘이 절대적이다. 하지만 에스프레소는 너무 쓰고 아메리카노는 너무 싱겁다. 피곤한 뇌가 당분이 필요하다고 달콤한 것들의 목록을 제시한다.

　아포가토를 주문한다. '빠지다'라는 뜻을 가진 이탈리아 디저트. 에스프레소에 아이스크림이 빠지거나 아이스크림에 에스프레소가 희석되거나. 예를 들자면, 그에게 그녀가 녹아들거나 그녀의 삶에 그가 끼어들거나. 빠진다는 말도 어쩌면 미친다는 말. 빠지는 일은 미치는 일이고 몰두하는 일이고 자신을 불사르는 일. 그래서 사랑에 빠지고 일에 몰두하고 예술에 미치는 것이지.

　커피에 잠긴 아이스크림. 유리잔에 담긴 갈색과 크림색의 자태가 말초신경을 건드린다. 원두의 깊고 풍부한 향이 기어이 미각을 깨우고 만다. 하분하분하게 스며드는 이 맛을 어떻게 표현할까. 혀가 누리는 쾌감. 달콤하면서도 쓰고, 차가우면서도 부드럽게 이와 잇몸과 편도를 골고루 애무하며 절정으로 치닫는다. 미각의 클라이맥스. 여기엔 아무 생각도 끼어들 수 없다. 어떤 사유도 어떤 걱정도 존재하지 않는다.

하지만 아쉽게도 입안에 머무는 시간은 길지 않다. 달달한 뒷맛만 남길 뿐. 환희는 짧고 여운은 길다. 누군가 남기고 간 말처럼 간절해서 조금 아리기도 한 여운. 소중한 것은 아이스크림처럼 금방 녹아버릴지 모른다고 누군가 말했다. 그 말의 여운. 그럴지도 모른다. 경험상 소중하고 아름다운 것은 수명이 짧았으니까.

아포가토의 정의는 만남이다. 이질적인 만남. 커피와 아이스크림, 단맛과 쓴맛의 만남이다. 카페에서 토론을 즐기는 사람과 펍(pub)에서 축구에 열광하는 사람의 만남, 로켓을 가지고 놀기를 좋아하는 사람과 관세를 좋아하는 사람과의 만남이다. 물론 공통점도 있다. 예측불허.

물과 기름처럼 판이한 성질의 결합일수록 색다르고 특이한 맛이 탄생한다. 커피의 쓴맛이 아이스크림의 단맛과 절묘하게 녹아드는 아포가토. 만남은 이렇게 서로가 다를 때 조화롭고 아름다운 이름을 가질 수 있는 것이겠지. 연인이 되고, 친구가 되고 적대국에서 동맹국이 되는 것이지.

하지만 모든 결합이 아포가토처럼 아름다운 것은 아니다. 전혀 다른 성질의 만남은 극과 극의 결과를 빚는 법. 최고이거나 혹은 최악이거나.

존 레논과 오노 요코처럼 서로에게 영감을 주는 커플이 있는 반면 어떤 연예인과 야구선수의 만남은 서로를 불행으로 몰고 가기도 했다. 어떤 만남은 주변국에 한껏 기대와 희망을 주다가도 판을 깨버려 실망을 주기도 한다.

한 스푼이 남았다. 커피가 아이스크림을 녹이는 맛의 진폭은 마지막까지 집요하다. 차고, 부드럽고, 달고, 쓴, 오묘하고 복합적인 맛. 어느 한 가지 감정만 가지고 그 사람을 설명할 수 없듯이, 아포가토를 적확(的確)하게 표현하기는 조금 버겁다. 누군가에게 느꼈던 복잡한 감정을 규정하지도 증명하지도 못하는 것처럼.

그렇더라도 나를 무장해제 시키는 맛. 처음과 끝이 동일한 맛은 나를 매료시킨다. 바닥에 남은 한 스푼까지 완벽하다. 만남도 그렇기를. 아포가토처럼 마지막까지 한결같은 맛, 한결같은 사랑, 한결같은 관계를 열망한다. 바닥이 드러날 때가 오겠지만.

200개의 스푼

팔당호를 내려다보는 카페. 창가 자리에 앉아 호수를 눈에 담는다. 눈으로 들어온 호수는 잔잔하다. 강 건너까지 닿은 시선이 주황색 지붕의 건물에서 멈춘다. 초점을 맞추고 보니 길고 네모진 창에 하얀 커튼이 펄럭인다. 아스라한 풍경이다.

식당인가? 분홍색 간판이 보인다. '200개의 스푼' 뭘까? 200개의 스푼을 가지고 있다는 것인가. 아니면 200개의 스푼을 다 쓸 수 있을 만큼 손님이 많다는 것인가.

몽환적인 강 저편. 하얀 에이프런을 두른 메이드가 긴 식탁에 200개의 스푼을 하나씩 놓는 모습을 상상한다. 중앙에는 촛불이 타오르고 소매에 하얀 수건을 걸친 집사가 와인 잔을 조심스레 내려놓는 모습도 그려진다. 드레스 자락을 말아 쥔 내가 식탁 의자에 우아하게 앉는 모습도.

스푼 대신 숟가락이라고 한다면? 밥을 먹는 숟가락. 스푼에서 숟가락으로 단어를 바꾸자 밥이 보인다. 인간의 기본적인 욕구 충족에 필요한 핵심적인 관심사가 밥이라면 숟가락은 밥을 구하기 위한 수단이 되겠다. 최승호가 '움푹해라 내 욕망은 밥숟가락을 닮았다'라고 하듯, 김지하가 '나는 밥이다'라고 했듯 숟가락은 밥을 위한 욕망의 도구 내지는 상징으로 봐도 과장은 아니겠지.

상상이 맞은편을 향해 헤엄친다. 커피가 맛있다. 함께 주문한 빵도 맛있다. 그럼에도 시선은 강을 건넌다. 그곳은 여기보다 더 멋질 것 같다. 바람에 나부끼는 커튼이 그렇다고 유혹한다. 어서 오라고. 그곳이 점점 끌린다.

피츠 제럴드의 소설을 영화화 한 〈위대한 개츠비〉가 생각난다. 매일 밤 개츠비는 자신의 저택에서 호화 파티를 연다. 대공황으로 금주령이 내려진 미국 동부. 만(灣)의 이쪽에서 바라보는 맞은편 개츠비의 저택은 매일 밤 초록 불빛으로 반짝인다. 그 시선은 궁금증과 욕망이다. 누가 파티를 하는지, 어떤 사람들이 오는지 한번쯤 초대를 받아보고 싶은 마음이 생기지 않을 수 없다.

가지지 못한 것에 대한 욕망은 더 큰 환상을 불러온다. 눈으로 보이는 가까운 곳, 그러나 닿을 수 없는 그곳은 선망의 대상이다. 분명 멋진 곳일 거라는 믿음이 욕망을 부추긴다. 욕망이란 가질 수 없을 때 풍선처럼 부푼다.

사람들은 어떤 대상을 이상화하기를 잘한다. 이상화, 또는 소망적 사고(wishful thinking)는 이성적 사고가 아닌 믿고 싶은 대로 생각하는 것이다. 자신의 상상을 현실에 그대로 덮어버린다. 말하자면 제 맘대로 해석하는 것이다. 강 건너는 분명 멋진 장소일거라는

　　　　　　　　　　　　　　　　　　　　　2부 삶의 단맛

근거 없는 확신처럼. 백화점에서 보았던 원피스가 내 몸을 근사하게 보이도록 만들어 주리라는 착각처럼 말이다.

그러나 손에 쥐는 순간 그것은 더 이상 욕망이 되지 못한다. 닉이 개츠비와 데이지, 톰의 관계에 끼어들기 전까지의 장면이 상류층에 대한 선망과 기대라면 그 이후는 야비하고 추한 그들에 대한 실망과 환멸이다.

큰맘 먹고 구입한 옷도 마찬가지. 며칠 어깨가 으쓱하다가 설렘은 기하급수적으로 줄어간다. 이미 손에 들어온 것은 더 이상 욕망이 아니다. 200개의 스푼도 내가 상상한 모습과 다를지 모른다. 그렇더라도 새로운 대상에 대한 기대를 멈추지도, 그에 따른 실망을 두려워하지도 않는다.

매일 욕망에 사로잡힌다. 욕망이 배제된 삶이 가능할까. 욕망이 없었다면 문명이 발전할 수 있었을까. 선사시대부터 지속되어 온 인류의 발전은 어쩌면 욕망이 이루어낸 결과물이 아닐는지. 긍정적인 욕망은 사회발전을 위해 필요한 것이 아닐까.

유명한 스님들은 마음을 비우라고 한다. 욕심을 내려놓으라고 한다. 하지만 내려놓고 싶지 않다. 나는 기껏 가보지 못한 강 건너 카페를, 사지 못한 원피스를 욕망할 뿐이다.

또 나는 욕망한다. 복지의 사각지대가 좁아지기를. 사회의 안전망이 두꺼워지기를. 누구나 동일한 출발선에서 시작하는 사회, 밤거리를 두려움 없이 다닐 수 있는 그런 사회를 욕망한다. 200캐럿의 다이아몬드도, 200채의 건물도 아니다. 겨우 오후의 커피 한 잔이나 전시회 티켓 한 장의 작은 사치를 욕망할 뿐이다.

　　　　　　　　　　　　　　　　　　　　　200개의 스푼

200개의 상념을 가지고 강 건너를 바라본다. 살아가는 동안 나는 욕망하고 실망하기를 반복할 것이다. 200개의 욕망이 줄을 서서 호수를 건넌다.

벚꽃 연서(戀書)

어쩔까. 낭창거리는 저 봄의 허리. 매화 향이 지자 목련이 북으로 고개를 돌려 한 장 한 장 꽃잎을 열어젖힌다. 봄을 앓는 벚나무, 몸이 달아 화르르 열꽃을 피운다. 솜을 얹은 듯 촘촘히 매달린 꽃무리. 하늘거리는 연분홍. 그 몽환적인 가지라니.

한 번에 피고 한 번에 지는 벚꽃. 모든 송이가 하나의 운명 공동체다. 사는 것도 같이, 죽는 것도 같이 하자고 약속을 한 것 같다. '피어라' 혹은 '떨어져라' 하고 누군가 명령을 한 것도 같다. 한꺼번에 피었다가 미련 없이 잎자루를 놓는 것을 보면.

꽃잎을 여는 것은 힘들어도 지는 것은 잠깐이다. 마음을 열기 어려워도 돌아서는 것은 순간인 것처럼.

꽃이 진다는 것은 세상이 흔들리는 일이다. 동백의 낙화가 가슴을 무참하게 만드는 것은 피보다 붉은 꽃잎이 시들지도 않은 채 떨어진다는 데 있다. 상대는 이미 변심했는데 동백의 사랑은 여전히 붉다. 생으로 목을 꺾은 절개가 땅으로 떨어진다. 아리다.

목련의 낙화는 처참하다. 하나둘 천천히 피었다가 먼저 핀 차례로 꽃잎을 떨어뜨린다. 화려할수록 생은 짧아서 요절한 미인처럼 애달프다. 땅에 떨어진 꽃잎이 갈색으로, 검은색으로 변해간다. 사랑의 끝이 좋지 못하다. 흠모하던 사람의 뒷모습을 보는 것처럼 쓰라리다. 나무에 피는 연(蓮). 그윽한 향과 고결한 꽃잎을 사랑한 대가로 비참한 최후를 맞는 꽃이다.

앵두꽃은 짧다. 당차게 초리까지 피워 올린 꽃이 잠깐 사이에 호르륵 떨어진다. 벚꽃에 한눈을 팔다 보면 이미 꽃이 진 뒤다. 보아주지 않으면 미련 없이 꽃잎을 떨어뜨린다. 아니다 싶으면 바로 끝내고 다시는 뒤돌아보지 않는 애인처럼 매몰차다. 바닥에 소복이 쌓인 앵두꽃잎을 들여다보며 빨간 열매가 매달리기를 기다릴 뿐이다.

낙화가 아련한 것 중의 하나가 벚나무다. 이별을 한다면 이처럼 아름다워야 하지 않을까. 꽃의 존재감은 미미하다. 아기 손톱만한 꽃잎 다섯 장이 잎자루에 간신히 붙어 있을 뿐이다. 그럼에도 벚꽃의 낙화가 아름다운 것은 연한 꽃잎이 흩날리기 때문이다. 시들기도 전에 숨을 놓아버리기 때문이다. 건강한 여인보다 가녀린 여인이 보호본능을 자극하는 것처럼 크고 화려한 꽃보다 여리고 작은 꽃이 지는 것은 더 애처롭다.

벚꽃 같은 사랑을 했지만 어쩔 수 없다면 기꺼이 보내겠다는 마음이다. 사랑했으므로 행복했다고, 시들지 않는 마음을 흩날린다. 마지막까지도 아름다운 모습으로 남고 싶다고. 그래서 낱장으로 흩날리는 꽃잎 하나하나가 가슴에 점을 찍는다.

연남동 골목은 벚꽃이 지고 있다. 어디선가 '만세' 하는 소리가 들려서 뒤돌아보니 트레이닝 차림의 청년이 두 팔을 들어 올리고 리듬을 타듯 자전거 페달을 밟는다. 바람을 가르기나 할 듯이. 벚나무가 늘어선 길에 꽃잎이 날린다. 청년의 머리에, 어깨 위에 가볍게 내려앉는 꽃잎, 꽃잎들. 청년은 봄이 묻은 음성을 어딘가로 전송하고 있다.

"와우. 눈 내리는 것 같아. 꽃잎이 날려."

달뜬 목소리가 꽃비 날리는 골목에 울린다. 그리고 잠깐 뜸을 들이다 내뱉는 한마디.

"네가 보고 싶어."

자전거 바퀴가 연분홍 회오리를 일으킨다. 그러다 이내 바닥으로 가라앉고 꽃잎이 흩어진 길을 반으로 가르며 자전거는 시야에서 멀어진다. 간절한 목소리도 골목 끝 소실점으로 사라진다.

청년이 떨어뜨리고 간 그리움이 골목으로 스며든다. 그 말을 엿들은 벚나무들도 일제히 팔을 흔든다. 가지를 떠난 연분홍 연서들은 바람을 타고 팔랑거린다. 여기저기로 날리고 흩어진다. 나는 벚꽃 물든 한마디를 남기고 봄날의 골목을 천천히 빠져나온다.

"보고 싶어."

나의 남자

차를 수리하는 일이 잦아졌다. 차도 나이가 드니 사람처럼 병원을 자주 오간다. 식구들은 타던 말이 늙었으니 젊은 말로 바꾸란다. 아직 쓸 만한 것 같은데.

자동차 매장을 다니며 보니 차마다 개성이 제각각이다. 중형 세단, 스포츠카, 소형차. 가격과 성능을 비교하다가 차가 남자 같다는 생각을 한다. 그렇다면, 여성의 남성에 대한 선호도를 차에 비유한다면 어떨까?

20대 여성이라면 스포츠카를 고르지 않을까 싶다. 카리스마 짙은 외모에 배기량 넘치는 에너지, 단도직입적인 제로백이 관심의 rpm 게이지를 올릴 것이다.

30대라면 고가의 승용차를 고를 것이다. 그 즈음의 여자들은 경제적 능력을 가장 우선순위에 두지 않을까 싶다. 여성은 배우자를 고를 때 본능적으로 사냥 잘하는 수컷을 선호하니까. 결혼을 하고 난 후에는? 수시로 연료탱크를 점검하며 현실적인 준중형 승용차로 꼬리를 내리겠지.

40대 이후의 여자들은 어떨까. 능력 있는 중형세단? 근육질의 우람한 SUV? 아니, 깜찍한 경승용차가 아닐까? 내 주위 아줌마들은 소년처럼 예쁘장한 남자를 좋아한다. 미소년하면 떠오르는 대명사가 아이돌 그룹이다. 그들을 따르는 수많은 팬이 10대, 20대만은 아니다. 아줌마 팬들도 만만치 않다. 아줌마 특유의 경제력과 기동력을 바탕으로 콘서트와 팬 미팅 가속도를 올린다. 이들이 사랑하는 방식은 경차처럼 가볍다. 열렬하지만 뒤탈이 없어 연비 또한 좋다.

내 취향은 중형 승용차다. 구레나룻에 은발이 적당하게 섞인, 따뜻한 눈빛에 무게감 있는 음성의 하드웨어와 감성적인 마인드에 통찰력을 장착한 소프트웨어를 선호한다. 비굴하지 않은 겸손과 느긋한 유머에 흥분한다. 거기에 배려와 예의를 옵션으로 갖춘, 성능 좋은 엔진을 갖췄다면 나는 영혼까지 꺼내 헐값에 넘겨버릴지 모른다.

열정적이고 힘 있는 젊음도 좋다. 그러나 미숙함과 무모함은 젊음이 갖고 있는 결함이다. 그렇다고 신(神)은 리콜해주지 않는다. 인간은 나이가 들어서야 스스로 노련미를 터득한다. 연륜은 젊음과 패기를 가져가는 대신 시간과 경험으로 다져진 노하우를 선물하므로.

중년은 인생의 황금기다. 〈중년의 발견〉이라는 책을 쓴 데이비드 베인브리지는 양식을 모으는 인간의 능력이 정점을 찍는 시기를

45세로 보았다. 기운과 골량과 민첩성은 잃어버렸지만 오랜 시간 축적된 노하우와 경험이 있기 때문에 중년을 인생의 정점에 놓았다. 요즘은 이 시기를 55세로 늦춰야 하지 않을까 싶다.

내가 사랑한 남자도 중년이었다. 그리스인이었던 그를 고등학교 때 내 방 책장에서 만났다. 카잔차키스가 탄생시킨 자유로운 영혼의 소유자 조르바. 그가 생각하는 방식, 여린 것들을 대하는 태도, 이념이나 국가관에 지배받지 않는 사고를 좋아했다. 그런 사고를 할 수 있는 중년이라는 나이를 흠모했다. 많은 착오와 실패와 눈물로 사포질한 부드러운 나이. 유연한 사고와 통찰력으로 다듬어지는 나이, 중년.

사람으로 말한다면 중년인 내 차. 연식은 좀 되었어도 늘씬한 몸매와 은은한 실버톤의 클래식한 외모를 가졌다. 커브를 돌 때에는 흐트러지지도 쏠리지도 않게 신사처럼 나를 에스코트한다. 상대의 허리를 감싸고 턴을 하는 무용수처럼 부드럽고 든든하다.

만약 이 차가 남자라면 나는 벌써 넘어갔으리라. 매일 차를 몰고 오르가즘의 언덕을 오르내렸을지도 모를 일이다. 아니, 이미 나의 남자나 다름없다. 내 엉덩이 사이즈를 누구보다 잘 알고 있으니까.

차로 말한다면 중고인 나. 새 차 구입은 미뤄두고 올봄엔 애인을 몰고 벚꽃이 흐드러진 길을 달려보리라. 너는 이제 내 연인이라고 속삭이리라. 지금이 가장 화려한 시기라고. 그대를 응원한다고. 중년의 애인 위에 올라타고서.

자작나무

백석을 좋아한다. 풍부하고 정겨운 이북의 말맛이 좋다. 그가 아니었으면 다양하고 아름답고 서정적인 우리말을 어떻게 알았을까 싶다.

> 산골집은 대들보도 기둥도 문살도 자작나무다
> 밤이면 켱켱 여우가 우는 산도 자작나무다
> 그 맛있는 메밀국수를 삶는 장작도 자작나무다
> 그리고 감로같이 단샘이 솟는 박우물도 자작나무다
> 산너머 평안도 땅도 뵈인다는 이 산골은 온통 자작나무다

그의 시 「백화(白樺)」다. 백석의 고향 산에 흔히 있던 나무. 시를 읽으면 겨울의 시린 숨이 코끝까지 빨갛게 얼릴 듯하다. 마을을 감싸는 산자락엔 하얗게 자작나무가 서 있고 저녁의 초입 굴뚝으로

연기가 보일 것 같다.

　감칠맛 나는 그의 다른 시들과 달리 이 시는 깔끔하다. 군더더기 없이 쭉 뻗은 자작나무처럼 말이다. 길게 말하지 않아도 여유가 있을 법한, 자작나무가 빽빽이 들어선 숲이 보인다. 문살, 기둥, 메밀국수, 박우물도 따라온다. 무늬와 재질이 좋아 가구나 집 재료로 쓰고 장작으로도 좋고 수액을 마실 수도 있는 여러모로 쓸모 있는 나무라고 말하지 않아도 자작나무가 최고의 나무라는 것을 짐작하게 한다.

　자작나무는 아름답다. 수직으로 뻗은 곧은 수형. 매끈하고 하얀 표피. 하늘로 치솟은 가지. 연둣빛 새 잎이 나는 봄에도, 청량한 초록의 여름도 멋있다. 노란 잎이 물드는 가을은 어떠하며 겨울은 또 얼마나 수려하고 운치 있는지. 잎사귀 없이 눈 위에 처연하게 서있는 모습이라니.

　철학이 있는 나무다. 생이 짧아서 둥치를 늘리고 몇백 년을 넘기며 나이를 먹는 여느 나무와 달리 기껏 100년을 살고 다른 나무에게 자리를 내어준다. 얼마나 오래 사는가보다 얼마나 가치 있게 사는가가 중요하다는 것을 아는 나무다. 의미 없는 천년이 무슨 소용이냐고 천년을 살 것 같은 우리에게 말하는 듯도 하다.

　나무의 귀족이다. 나무에도 신분을 매긴다면 도도하고 반듯한 귀족이라 하겠다. 북풍에 흔들리지 않는 고고한 자태. 하늘을 향한 우아한 심성. 욕심껏 가지를 내지도, 무리하게 영역을 넓히지도 않는다. 오지랖 넓은 참견도 없다. 오직 자신의 수양만 힘쓸 뿐이다. 따뜻한 지역을 마다하고 추운 북쪽을 선택한 것도 그만한 결기가

　　　　　　　　　　　　　　　　　　　　　　2부 삶의 단맛

있어서였을 것이다.

자작나무라 하면 스승이 생각난다. 나의 스승 일현(一玄). 자작나무의 심성을 가진 그분도 북쪽이 고향이다. 언젠가 가 본 스승님의 정원에는 자작나무 세 그루가 있었다. 아마도 스승님은 자작나무를 보며 고향 함경도에 대한 향수를 가만가만 달래셨을 것이다.

1.4 후퇴 때 원산에서 큰누님 손을 잡고 배에 오르셨다. 저서 『하늘 잠자리』에서 '언제 다시 고향에 가는 날이 온다면 나는 제일 먼저 그때 그 자작나무 숲으로 가겠다. 그리고 자작나무 밑에서 살다가 자작나무 껍질에 싸여서 자작나무 곁에 잠들었으면 싶다.'던 스승. '언제 다시'란 말에 가슴이 아리다. 기차를 타고 북으로 갈 수 있는 날이 돌아가시기 전에 오기는 올까?

언젠가 이런 말씀을 하셨다.

"자작나무는 참 멋지지 않니? 너처럼 표피가 하얗고 단풍든 잎사귀는 네 머리칼처럼 노랗지."

스승이 하셨던 한마디에 자작나무가 내게 걸어왔다. 이제 그것은 나의 어휘사전에서 오로지 나를 위한, 나를 상징하는 나무로 바뀌었다. 자작나무라는 말을 들 때마다 상상의 눈은 자작자작 발자국을 세며 숲으로 갔다. 노란 머리를 나풀거리며 걸어가는 내 뒷모습이 보일 듯했다. 나를 부르는 스승의 목소리도 머릿결을 타고 나붓나붓 따라올 것 같았다.

지금쯤, 자작나무숲은 노랗게 물들고 있겠지. 바람이 나무 사이를 휘감으면 노란 잎들이 빙그르 돌며 떨어지겠지. 언젠가 통일이 되면 나도 북녘의 숲으로 가야지. 가서 자작나무가 되어야지. 그러면 나는 발이 땅으로 박히고 팔이 길어지고 머리는 잎사귀가 되어 당신이 했던 노란 말들을 쏟아내겠지. 당신이 그토록 가고 싶어 한 그곳에서.

월요일의 직무

커피향이 부서지는 오전 7시. 에티오피아 예가체프가 덜 깬 잠을 흔든다. 부엌 창을 열자 신선한 월요일 아침이 배달된다. 이제 막 초여름이 시작되는 계절. 잠을 털어내고 앞치마를 두른다. 〈그리그, 페르귄트 조곡〉을 토스트와 함께 굽는다. 과일을 씻어 자르고 국을 데우고 반찬을 꺼내 식사준비를 하고 나서 아이들을 깨운다.

달걀 프라이와 과일, 〈바흐, 무반주 첼로 모음곡1번〉이 식탁의 중앙에 놓인다. 내 자리엔 커피와 식빵이, 큰애 자리엔 채소주스가, 작은애 자리엔 밥과 국이 놓인다. 나는 아침을 뜨고 큰애는 아침을 갈아 마시고 작은애는 아침을 국에 말아 먹는다. 입은 오로지 먹는 일에 전념한다. 첼로의 낮은 선율에 따라 포크와 숟가락과 손가락이 식탁 위에서 조용하게 움직인다.

식사가 끝나면 식구들은 〈비제, 카르멘 서곡〉처럼 급박하게 움직인다. 작은애는 양치질을 하고 가방을 챙기고 교복을 입는다. 그사이 나는 반찬통을 냉장고에 넣고 바흐의 선율도 식탁에서 치운다. 설거지를 끝내고 차에 시동을 건다. 운동화 끈을 묶지도 못한 채 뛰어나오는 아이. 서둘러 학교로 향한다.

출근 시간과 등교 시간이 맞물린 교차로. 각각의 목적지를 향해 자동차가 몰린다. 나와 아이는 학교로, 직장인은 일터로 주황색 신호를 가까스로 지나고 브레이크를 밟아가며 60킬로미터 과속단속 카메라의 눈을 피하고 목적지를 향해 좌회전, 우회전, 차선을 바꾸며 액셀러레이터를 밟는다. 그동안 아이는 알파벳을 짜맞추며 전날 못 끝낸 영어 단어를 외운다. 그러다 보면 어느새 학교 앞이다. 수행평가 준비를 미처 끝내지 못했다고 울상인 아이를 학교 앞에 내려주고 겨우 출근길을 빠져나온다.

골목엔 리트리버를 산책시키는 여자가 지나간다. 〈아서 프라이어, 휘파람 부는 사람과 개〉처럼 경쾌하게 걷는다. 네 개의 발과 두 개의 운동화 보폭이 리드미컬하다. 크림색의 커다란 꼬리를 살랑살랑 흔들며 가는 개와 운동복 차림의 주인은 목줄로 서로의 감정이 연결된 듯 기분이 좋아 보인다. 개는 산책을 하고 주인은 운동 중이다. 어디선가 휘파람 소리가 들릴 듯하다. 하늘은 파랗고 태양의 동공이 머리로 내리꽂힌다. 하늘의 낯빛처럼 기분도 맑다.

집안으로 들어온다. 모두가 떠난 8시 반. 떠나는 것이 있으면 남는 것도 있다. 빈집엔 나와 〈말러, 심포니 5번 4악장〉이 남는다. 거실엔 젖은 수건과 옷들이 여기저기 뒹군다. 아이 방은 책과 노트와 펜이 제멋대로 시위 중이다. 남은 것들은 남은 대로 제 할 일이 있듯이 제자리를 이탈한 것들을 있어야 할 곳에 가져다 놓는다. 제자리 찾기. 존재감이라는 것은 있을 때는 모른다. 늘 있던 자리에 없을 때 그것의 중요함을 깨닫는 법이다.

의자에 앉아 가만히 숨을 고른다. 식탁에 월요일이 덩그렇게 남는다. 한 주의 첫걸음. 일곱 개의 날 중에서 가장 먼저 만나는 날. 막 낳은 따뜻한 달걀 같은 월요일. 그러나 어떤 사람에게는 부담스러운 요일이다. 직장인들이 일주일에서 솎아내고 싶은 요일도 월요일이 아닐까. 누군가는 지구의 종말이 월요일이었으면 좋겠다고 한다. 누군가는 월요일의 목을 분질러 버리고 싶을지도 모른다.

하지만 나는 월요일이 그 자리에 있어서 좋다. 월요일은 화요일을 떠받치고 화요일은 수요일을 떠받친다. 무언가 빠진 자리는 다른 무엇이 대체하고 누군가 떠난 자리는 다음 누군가의 몫으로 남는다. 이름만 다를 뿐. 〈라데츠키 행진곡〉처럼 한 줄씩 열을 맞춰 행진하는 요일 중에서 맨 앞의 월요일이 없다면 그 다음날인 화요일이 월요일의 직무를 대행하게 되리라.

나는 월요일을 단단히 붙든다. 부엌창 너머, 월요일의 골목은 〈히사이시 조, 바람이 지나가는 길〉처럼 평온하다. 얼룩 고양이 한 마리, 어느 집 쪽문 밑으로 꼬리를 감춘다. 햇살이 반쯤 실눈을 뜨고서 자두나무 사이로 새들을 풀어놓는다.

도긴 개긴

이탈리아 여행에서 조심해야 할 것은? 멋지고 친절한 남자? 몇 배의 바가지? 아니, 아니. 가장 조심할 것은 첫째도 소매치기, 둘째도 소매치기, 셋째도 소매치기다.

오전 9시 로마 테르미니역. 카스트로 프레토리오역에서 B라인 전철을 타고 테르미니역에서 A라인으로 환승했다. 나처럼 바티칸 박물관을 가려는 사람들이 몰려서 역이 혼잡했다. 박물관 예약을 12시로 했지만 성 베드로 성당도 가야 하기에 일찍 서둘렀다. 하지만 어디를 가든 관광객 천지였다. 하필 배낭여행의 마지막 도시가 극성수기에 다다른 로마였다.

전동차 안은 서울의 출퇴근 전철보다 더 비좁았다. 에어컨이 가동되긴 하는 것 같은데 워낙 사람이 많아서 더웠다. 서로 맨살이 닿지 않으려고 했지만 쉽지 않았다. 종합선물 세트처럼 다양한 인종을 꾹꾹 눌러 담은 전동차가 출입문을 서서히 닫기 시작했다.

그때였다. 닫히는 전동차 문으로 온몸을 던지듯 들어온 두 여자가 있었다. 숨도 쉴 수 없을 만큼 비좁은 틈을 용케 뚫은 여자가 나를 스쳐 중앙으로 들어섰다. 숄을 어깨에 두른 그녀의 겨드랑이 밑이 내 팔을 스쳤다. 그 느낌은 '미끄덩' 하고 살갗에 와 닿았다. 그 더운 날 숄까지 두르다니. 이상한 사람이라고 생각했다. 연이어 나머지 여자도 내 옆으로 들어섰고 나는 그 두 여자 사이에 끼게 되었다.

그런데 좀 이상했다. 무언가 가방을 건드리는 느낌이 들었지만 아무 이상이 없었다. 그러는 사이 다음 역인 레푸블리카역에 도착했다. 그때 내 옆의 두 여자가 사람들을 헤치고 급하게 다시 나가는 것이었다. 기가 막혔다. 다음 역에 내릴 사람들이 굳이 사람들을 밀치고 왜 안으로 파고들었는가 말이다.

두 여자는 미끄러지듯 빠르게 내려 인파 속에 묻혔다. 전동차가 움직이고 그다음 역에 사람들을 토해놓을 때가 되어서야 무릎을 쳤다. 나는 왜 항상 바로 알아차리지 못하고 일이 끝난 후에야 깨닫는지. 그렇다고 중간에 내릴 수도 없었다.

목적지인 바티카니역에 내려서 가장 먼저 한 일은 가방을 확인하는 것이었다. 크로스 가방을 열었다. 여권, 유레일패스, 돈, 휴대폰이 얌전히 잘 있었다. 현금도 적잖게 지니고 있던 터여서 어찌나 조바심이 났는지 모른다. 두근거리던 가슴이 그제야 진정되었다. 내 가방을 목표로 했던 그들은 뜻을 이루지 못했던 것 같다. 중요한 것은 옷핀으로 단단히 꽂아놓은 덕에 소매치기를 당하지 않았다. 몇 개의 옷핀이 내 가방을 꽉 물고 잘 지켜주었다.

그러나 기차 안에서 패널티를 물었던 것은 배낭여행의 오점으로 남았다. 피렌체에서 로마로 가는 기차였고 유레일패스로 가는 마지막 일정이었다. 유레일패스는 첫날과 마지막 여행일이 매우 중요하다. 그것을 알고 있었음에도 소매치기만 걱정한 나머지 유레일패스에 날짜 쓰는 것을 잊었다.

　유레일패스 아래의 여정 목록에는 그날의 날짜를 썼지만 위쪽의 여행 마지막 날짜는 미처 쓰지 못한 것이었다. 바로 앞에서 볼펜으로 날짜를 쓴다고 하는데도 금발의 키 큰 여자 승무원은 단호한 표정이었다. 속일 의도도 없었고 이미 아래 목록에 여행 날짜를 써놓았음에도 아랑곳하지 않았다. 트랜 이탈리아의 규칙 앞에 꼼짝없이 벌금을 물을 수밖에 없었다. 두 눈 멀쩡히 뜨고 말이다.

　차라리 소매치기를 당했다면 어땠을까. 그랬다면 적어도 한여름에 숄을 두른 귀여운 그들의 하루가 행복하지 않았을까싶다. 이제 이탈리아 여행에서 가장 조심해야 할 상대를 묻는다면 소매치기가 아니라 이탈리아 기차라고 말을 바꿔야겠다.

　도긴 개긴. 결국 좀도둑한테 비공식적으로 털리거나 큰 도둑한테 공식적으로 뜯기거나 매한가지다. 하긴, 내 삶에 그게 그것인 것이 이 하나만 있을까. 앞으로 남고 뒤로 밑지는 것이 비단 이번 뿐은 아니었으리라. 그렇더라도 조금 밑지며 산다한들 좀 어떤가. 산다는 게 늘 남기만 하겠는가 말이다.

허들링
— 온기에 대하여

추위를 많이 타는 편이다. 여름은 잘 견디는데 겨울이 힘들다. 한여름에도 따뜻한 커피를 마시고 더워도 얼음물은 잘 안 마신다. 시원한 것보다는 따뜻한 것이 좋고 시원시원한 사람보다 따뜻한 사람이 더 좋다.

털실로 짠 스웨터가 좋고 극세사 이불이 좋고 포근한 목도리가 좋다. 봄빛을 닮은 고양이의 털이 좋고 날 위해 건넨 따뜻한 커피가 좋다. 따뜻한 가슴과 눈빛과 손길이 좋다. 따뜻한 사람에게서 전해지는 말의 온기가 좋다.

온기라는 말을 하면 몸속부터 데워지는 것 같다. 처음 만난 사람이라도 손에서 온기가 느껴지면 반쯤은 친해진 것 같다. 사람은 상대의 체온을 느낄 때 마음의 벽을 허문다. 친구들과 잡은 손에서 전해진 온기는 평생을 가지 않는가.

사람과 만나 악수를 할 때에도 우리는 온기를 느낀다. 손을 내밀어 상대의 손을 잡는다는 것은 손에 무기를 들고 있지 않다는 뜻이다. 상대를 해칠 의도가 없다는 것을 보여주기 위해 우리는 손을 내민다. 손을 잡아 서로의 온기를 전달하는 행위로 상대에게 믿음을 준다.

말에도 온도가 있다. 뜨거운 말은 상대를 녹인다. 그러는가 하면 냉기가 흐르는 말은 상대의 심장을 얼린다. 미지근한 말은 신뢰를 주지 못하고 차가운 말은 상대를 돌아서게 만든다. 조언을 한다면서 상대를 판단하고 깎아 내고 비난하는 사람이 있다. 걱정 돼서 하는 말이라고 하면서 상대의 결점을 들춰낸다. 아무리 그 사람이 내게 잘해줘도 말을 섞기 싫다. 따끔한 말보다 따뜻한 말에 마음이 열리는 법인데.

이 말을 하는 나도 사람인지라 실수를 한다. 아이를 학교에서 데리고 오는 길이었다. 아이의 얼굴이 어두웠다. 무슨 안 좋은 일이라도 있느냐고 물었더니 영어 시험 성적이 나와서 그렇다고 했다. 점수는 두 개 등급이 낮아졌다. 잠시 침묵이 돌았다. 지금껏 유지한 등급이 확 내려갈 것이었다. 가슴이 쿵 하고 내려앉았다. '도대체 얼마나 공부를 안 했기에 한 등급도 아니고 점수가 그렇게 내려갈 수가 있니'라는 말을 간신히 누르고 이렇게 말했다.

"얼마나 속상하니 엄마도 이렇게 속상한데!"

숨을 들이 쉬었다. 그 말은 참 잘한 것 같다. 하지만 나는 50점짜리 엄마였다. 너무 속상해서 그다음 말을 해주지 않았다. 아이는 얼마나 절망적이었을까. 엄마에게 속상한 마음을 위로받고 싶었을 것이다. 나는 아이의 마음보다 내 감정에 더 충실했다. 내가 좀 더

현명했다면 아이에게 힘을 주는 따뜻한 말을 했을 텐데. 그랬다면 100점짜리 엄마였을 텐데. 이후로 나보다 큰 아이를 자주 안아준다. 미안한 마음이 들어서도 그렇지만 그냥 따뜻하게 품어주고 싶다.

'허들링(huddling)'이라는 말을 들어봤는지. 남극의 혹독한 추위에서 사는 동물 중에 황제펭귄이 있다. 귀엽고 재미있게 생긴 이 동물이 추위를 이기는 독특한 방법이 허들링이다. 황제펭귄은 최대한 가까이 밀집해서 서로 둥글게 원을 그리는데 자연히 원 바깥쪽은 춥고 안쪽은 따뜻하다. 이들은 서로 돌아가면서 자리를 바꾼다. 안쪽에 있는 펭귄이 추위를 녹이면 바깥쪽으로 나가는 식으로 원이 유지된다. 신기하다. 서로의 온기와 배려가 없다면 그들은 추운 남극에서 살아남을 수 없었을 것이다.

얼마 전 온라인에서 화제가 되었던 이야기다. 마트에서 먹을 것을 훔친 부자(父子)에게 국밥을 사준 경찰관과 부자에게 20만 원이 든 돈 봉투를 주고 떠난 어느 남자의 이야기. 경찰관이 했던 말이 가슴을 울렸다. '세상에 밥 굶는 사람이 어디 있습니까' 온기 있는 그 한마디에 우리는 뜨거워졌다. 우리 사는 이곳이 살 만하다는 것이고 희망을 포기할 수 없는 이유다.

새해다. 올해는 따뜻한 말을 하고 따뜻한 일을 하자고 다짐한다. 나의 온기로 누군가를 따뜻하게 하는 일. 사람으로 태어난 내가, 사람이라는 혜택을 받은 내가 사는 동안 해야 할 일이 아닐까 한다.

200개의 스푼

정장 퇴출시키기

12월의 문을 연다. 이 문을 닫을 즈음 한 해를 통으로 과거의 서랍에 넣어야 한다. 올해 다짐을 한 것이 얼마 전인데 시상식이니 송년회니 연말 초대장이 책상에 쌓인다. 서로 짜맞춘 듯 일주일 간격이다. 더러 두 건의 모임이 겹쳐 부산하다. 아무 성과 없이 한 해의 마지막에 다다른 것을 후회할 기회도 주지 않는다.

모임에 입고 갈 옷도 걱정이다. 작년 모임에 입었던 옷을 올해 또 입고 가기가 그렇다. 매년 같은 고민은 옷이 많아도 쓸 만한 옷이 없다는 것이다. 그래도 찾아보면 나올지 몰라 옷장을 연다. 포화상태인 옷장은 기다린 듯 스웨터를 발밑으로 툭 떨어뜨린다. 더 이상 아무거나 끌어안을 수 없다는 엄포다. 결국 주저앉아 옷장을 정리한다.

구석에 있는 옷들을 꺼낸다. 몇 년이나 햇빛을 보지 못한 유행 지난 옷들이 촌스럽다. 십년 전의 유행어를 들을 때처럼 웃어야 될지 말아야 할지 어색하다. 연식이 오래된 자동차를 보는 기분이라고 하면 맞을까? '르망'이나 '세피아', '레간자'. 그때는 분명 세련되고 멋졌는데 말이다.

버리는 일이 쉽지 않다. 유행이 지난 정장은 특히 더 그렇다. 다시 입을 것 같아 망설인다. 그 옷을 입던 날의 기억과 얼마를 주고 샀는가를 생각하면 장롱을 머리에 이고 잘지언정 차마 버리지는 못하겠는 것이다. 일 년에 몇 번 입지도 못할 옷을 적지 않은 돈을 들여 사고 꼬박꼬박 드라이를 맡기고 오염이라도 묻으면 큰일이라도 날 듯 만사 제치고 세탁했던 옷.

살이 쪘는지 빠졌는지 알려주던 바로미터였다. 내 사이즈를 귀신같이 기억해서 살이 좀 오르면 어깨가 끼고 지퍼 올리기가 수월치 않았다. 몸이 날씬할수록 모양새가 나는 정장은 한 치의 게으름도 용납하지 않았다. 한 치의 차이는 절묘해서 55를 66으로 늘이면 옆집 아줌마처럼 너그럽게 만들고 55를 44로 줄이면 연예인처럼 이기적으로 만들었다.

나를 우아하게 만들어준 일등 공신이기도 했다. 틀을 끼운 듯 목을 곧추세우고 어깨에 각을 세우며 나는 얼마나 격이 있게 행동했던가. 정장은 나를 근사하게 포장하는 날개였다. 나의 현재를, 권위를, 명예를, 혹은 가능성을 대변해 주는 것이었다. 가격이 높을수록, 사람들에게 낯익은 브랜드일수록 나의 존재가치는 높아진다고 생각했다.

정장을 입고 사회생활을 시작했다. 사장이란 첫 단추부터 평사원인 마지막 단추까지 쭉 이어진 상명하달. 슈트와 바지, 재킷과 스

커트처럼 상의와 하의가 정확한 상하관계였다. 깔끔하게 떨어지는 소매 끝처럼 박음질이 단단해 보여야 했다. 실밥 풀린 밑단처럼 허술해보였다가는 후배에게 밀리기 딱 좋았다. 날선 깃처럼 매일이 조마조마했지만 정장은 사람을 반듯하게 보이고 능력 있어 보이게 했다. 정장을 입는다는 것은 경제적, 사회적으로 제도권에 잘 안착했다는 뜻이었다. 나는 정장을 입고 인텔리처럼, 또는 유능한 직장인처럼 굴었다.

한물 간 정장을 옷장에서 퇴출시킨다. 이제는 가벼워지고 싶다. 어깨에 넣었던 뽕(pad)을 빼듯, 권위라든가 브랜드라든가 하는 거품을 빼고 싶다. 나의 격을 올리는 것은 내 몸에 붙은 라벨이 아니라 내가 빚어낸 삶의 약력들이 아니겠나 싶다. 어디를 다녔다는 꼬리표, 명품 시계나 가방, 자동차로 나를 말하기보다 실력이나 인격으로 명품이 되어야 하지 않겠나 싶은 것이다.

옷 정리를 하며 하나 둘 벌여 놓은 일의 마무리를 셈한다. 다가올 시간의 소매를 눈대중으로 어림해보지만 실제 닥치면 턱없이 모자랄지도 모른다. 경험상 마침맞게 네 귀퉁이 포개지는 일은 그리 많지 않으니. 재단하기 어려운 미래는 더더욱 마름질이 서툴 것이다.

그렇더라도 한 해가 가고 오는 길목에서 정리는 해야겠다. 유행 지난 정장과 기한 지난 권위와 고정관념을, 낡은 옷과 늙은 사고를 꺼내 올해를 정리한다. 버릴 것은 확실히 버리고 내년의 문을 열어야겠다.

그나저나 뭘 입고 가지?

봄의 조향사

봄은 퍼즐이다. 꽃눈은 가지에 끼워지고 골짜기를 나온 물은 들판으로 끼워진다. 새는 나무에 분홍 발목을 끼우고 맑고 높은 소리를 공중으로 끼워 맞춘다. 봄의 각본대로.

이때쯤 조향사는 바쁘다. 흔히 아는 향수 브랜드의 조향사가 아니다. 샤넬이나 디올도, 조말론이나 불가리도 아니다. 누구에게도 고용되지 않은, 인공의 어떤 것도 불허하지 않는 자연의 조향사다. 매년 봄의 초입에 간판을 걸었다가 꽃이 지면 간판을 내린다.

조향사는 예민하다. 사소한 것 하나라도 봄의 향연에 영향을 미치기 때문이다. 온도가 조금만 내려가도 개업이 늦춰지는 봄의 특성상 바람에게 단단히 주의를 당부한다. 3월에는 한 발 한 발 서두르지 말고 안단티노로, 4월에는 적당한 온도의 알레그레토로 오라고. 가끔 조절을 못해 꽃잎이 얼어버리는 일도 있으니.

향을 빚을 땐 1밀리리터의 오차도 없어야 한다. 봄 시즌 한정판

200개의 스푼

은 늘 긴장하라고. 공급물량 부족으로 주문수요를 감당 못할 수도 있으니 눈 똑바로 뜨고 있으라고 말이다. 잠깐 한눈팔다간 봄이 금방 소진되므로.

마수걸이가 좋아야 다음 품목도 히트 친다. 프리지아는 이른 봄만큼 상큼하고 화사한 향을 준다. 졸업 시즌부터 출하되는 인기 품목이다. 지중해가 고향인 히아신스에게도 진한 향을 준다. 바람 한 줄기와 햇살 한 줌도 조심스럽게 접어 넣는다.

매화는 고고한 향을 준다. 은은하면서도 멀리 가는 향. 가을부터 꽃눈을 만들고 겨우내 보살핀 만큼 노고와 오랜 기다림에 대한 보상이다. 특히 홍매의 향은 일품이다. 진분홍 꽃잎에서 뿜는 고혹적인 향에 눈보다 코가 먼저 달려간다.

그윽한 향을 준 목련에게는 마지막까지 기다리라 주문한다. 일제히 다 필 때까지는 절대로 떨어뜨리지 말라고. 나무에 있을 때가 향의 절정이라고. 꽃이 지면 절정도 끝나고 문도 닫는다. 목련은 그 며칠을 위해 일 년을 기다린다.

목련이 지는 것은 아프다. 커다란 꽃이 떨어지는 것은 가슴이 무너지는 일이다. 뭉텅 송이째 쏟아진다. 목련이 그렇고 동백이 그러하다. 봄은 그들의 낙화에 손 한 번 쓰지 못한다. 손 한 번 써보지 못하고 보낸 사랑도 봄에 목을 떨어뜨렸다. 붙잡고 싶은 것은 빠르게 졌다. 목련이 지듯.

벚꽃은 예약이 폭주했다. 환상적으로 피고 처연하게 지는 효자 매출 품목이다. 향은 약해도 화사한 자태는 봄의 여신으로서 손색이 없다. 벚꽃의 생명은 일시에 피고 일제히 지는 것이라고 바람과의 협업을 강조한다. 조향사의 지시에 벚꽃은 한날한시를 맹세한다. 올해도 체리블러썸이 유행이겠다.

라일락에게 줄 보랏빛 향이 좀 더 필요하다. 봄날의 기억 한 줌 불러 올 바람처럼 아련한 향. 시간이 지나도 잊히지 않는 라일락만을 위한 향을 준비한다. 마진율 높은 향에 코가 꿰어 눈이 멀겠다.

개나리와 민들레도 향을 달라고 조른다. 매화나 목련, 라일락만 향을 독점한다고 항의가 빗발친다. 하지만 조향사에게도 나름의 기준이 있다. 향을 준 꽃들은 단명하지만 향을 주지 않은 꽃에게는 향 대신 오래도록 많은 꽃을 품도록 했다. 그러나 매해마다 개나리는 골이 나서 가지 가득 툭툭 불만을 터트리고 마당발 민들레도 아무데나 영토를 넓혀 보도블록이나 시멘트 틈에도 꽃을 피웠다

우려스러운 것은 미세먼지다. 아무리 향을 정성스레 조합해도 훼방꾼이 오면 말짱 허사다. 올해는 무슨 일이 있어도 많은 꽃을 피우겠다고 손익계산을 하는 조향사. 몇 차례 조용한 비가 내려주고 미세먼지만 덜하다면 올 봄, 매출이 쏠쏠하겠다. 5월에는 재고 없이 한 몫 챙겨 손 털고 가겠다.

봄이 오면 쇼핑하러 가야겠다. 빛 고운 스카프 목에 두르고 향을 사러 나서야지. 먼 기억의 담장에 기대면 가슴을 두드리던 라일락 향을 구매할 수 있으려나. 온통 연보랏빛으로 다가오던 떨림을, 품절된 그 봄을 구할 수 있으려나.

삶의 깊은 맛

— 위로받고 싶은 날에는

감자 수프

햇감자가 생겼다. 감자하면 떠오르는 것이 〈동백꽃〉이다. 김유정의 단편 「동백꽃」에서 옆집 '점순이'가 '나'에게 내밀던 큼지막한 감자 세 알이 퍽이나 인상 깊었다. '느 집엔 이거 없지?'라며 감자를 내민 점순이의 손을 밀치던 '나'의 비참한 심정이 감자알만큼이나 크게 가슴에 들어찼기 때문이었다.

감자 요리를 그리 즐기진 않는다. 그래도 감자 수프는 좋아한다. 감자를 깎는 일은 좀 재미있다. 칼끝에서 돌돌 말리는 감자 껍질은 나선으로 바닥에 떨어진다. 나선으로 꼬인 상념들도 감자 껍질 떨어지듯 툭 떨어진다면 좋겠다. 양파도 깐다. 감자 수프엔 양파가 들어가야 감칠맛이 난다.

이상하게도 수프는 비 오는 날 만들게 된다. 홈통에서 떨어지는 빗소리를 들으며 스프를 만들면 마음은 차분하게 수프에 몰두한다. 깊은 냄비에 주걱을 넣어 바닥에 가라앉는 전분을 저으면서 비가 바닥으로 떨어지는 낮은 소리에 집중한다. 그러다 보면 수프는 다 만들어지고 집안에는 부드러운 감자 수프 냄새가 머문다.

감자 수프의 맛은 밋밋하다. 싱거우면서도 묘하게 숟가락이 자주 간다. 특별한 맛은 아니지만 한 숟가락 입안에 넣으면 나른하고 따뜻하게 목을 넘어간다. 걸리는 것도 없이 따지는 것도 없이. 감자분처럼 자분자분한 기억도 감돈다.

필리핀에서 먹었던 포테이토 수프가 생각난다. 파나이 섬 아래쪽 도시에 몇 달 머물 때다. 지내던 빌라 바로 옆엔 제이디 베이커리가 있었는데 식사도 할 수 있었다. 빵과 케이크 종류가 많았고 음료와 디저트도 다양했다. 아침이나 점심을 이곳에서 해결하는 사람이 많았고 나도 자주 갔다.

비 오는 날이면 수프를 주문했다. 수프와 함께 샌드위치나 도넛을 주문했다. 클럽샌드위치는 꽤 괜찮은 메뉴였다. 저렴한 가격에 비해 맛과 모양은 결코 싸지 않았다. 거기에 디저트는 또 얼마나 달콤했던가. 바나나를 튀겨서 만든 디저트나 오묘한 맛이 나는 갖가지 색깔의 음료수는 나를 달달하게 절여주었다.

그곳 감자 수프는 싸고 맛있었다. 나중에 한국에 돌아와서 그 감자 수프가 생각나 만들었지만 그때 먹었던 맛이 나지 않았다. 몇 번을 시도해서 비슷하게 만들어냈지만 그 맛은 그곳에 가지 않는 한 절대로 만들 수 없었다. 그런데도 난 자꾸 그 맛을 더듬는다. 매년 햇감자가 나오면 수프를 만든다. 이젠 그 맛이 어떤 것인지 감감한데도.

맛이란 전혀 가늠할 수 없는 독특한 영역이리라. 같은 재료와 정확한 계량에도 요리한 사람과 먹는 사람에 따라, 조리 도구와 먹는 환경에 따라 백 가지, 천 가지 다르다. 객관적인 기준도 모호하고 개인의 취향도 다른 것이 맛의 세계이다. 그때의 기분에 따라 맛있는 음식이 되거나 끔찍한 음식이 되기도 한다.

음식은 멀어진 것에 대한 향수를 불러일으킨다. 전에 먹었던 감자 수프를 불러오는 것은 그때의 생활이 편안하고 즐거웠기 때문이리라. 그리 유명한 곳도 멋진 곳도 아닌 작은 도시인데도 마음은 편했다. 식사 때가 되면 식당에 가서 먹으면 되고 빨래는 런드리 숍에 맡기면 되는 일상이었다. 책을 읽기도 하고 마사지를 받거나 수영장에서 수영을 했다. 그곳에서 나의 시간은 단순했지만 부드럽고 달콤했으며 천천히 흘렀다. 지금처럼 서두를 일이 없었다.

대충 씹고 넘기듯 쫓기는 일상이다. 맛있으리라고 예측한 일이 쓰디쓴 맛이 날 때가 있다. 단것을 먹어도 씁쓸하고 목으로 잘 넘어가지 않는 날처럼 누군가 넌지시 '잘 지내니?' 라고 물으면 눈물이 날 것 같은 날도 있다.

그런 날 스프를 만든다. 감자를 벗기고 우유를 넣어 블렌더로 갈아주고 주걱으로 저어주면서 고민을 갈아내고 끓여 걸쭉하게 만든다.

예컨대 스프는 내가 나에게 떠먹여주는 회복식이다. 한 숟가락 입에 넣어주며 '너 괜찮니?' 다시 한입 떠 넣으며 '넌 괜찮을 거야' 또 한 번 목구멍으로 밀어 넣으며 '넌 괜찮아' 라고 토닥여주는 음식이다.

　　　　　　　　　　　　3부 삶의 깊은 맛

그 여자

손을 보면 그 사람의 삶을 알 수 있다고 한다. 손을 보면서 그 사람의 이력을 유추한다. 남자들이 여자를 볼 때 얼굴 다음으로 많이 보는 곳도 손이라고 한다. 제 2의 얼굴인 셈이다.

나는 손으로 하는 일을 잘 못한다. 손도 작아 일도 못하지만 일하는 것을 겁내는 내게 할머니는 이렇게 말하곤 했다.

"죽으면 흙 속으로 가는 걸 손을 아껴서 뭐해."

손을 보면 생각나는 여자가 있다. 내 손을 한참 들여다보던 여자가 있었다. 전에 살던 집 1층 상가의 여자. 처음 건물 1층에 들어선 것은 'ㅇㅇㅇ 숯불구이'였다. 식당 주인 여자는 자신의 이름을 넣은 간판을 달았다.

이름이 연극배우와 같았다. 하지만 가냘픈 연극배우와 건강하게 보이는 그 여자는 어떤 연관성도 찾을 수 없었다. 이름과 여자는 따로국밥처럼 전혀 연결되지 않았다. 걸걸한 목소리, 부스스한 파

　　　　　　　　　　　　　　　　　　200개의 스푼

마머리가 많은 시간을 식당에서 보냈을 거라는 생각이 들게 하는 사십대의 보통 아줌마였다.

여자의 남편이 직접 내부 공사를 마치자 숯불구이 간판이 걸렸다. 3층에 살던 나는 학원이나 조용한 가게가 들어오길 바랐는데 좀 실망스러웠다. 그러나 우리의 생각과 달리 식당은 잘되었다. 음식 맛도 괜찮았고 여자도 싹싹했다. 주방일은 삼십이 넘어 보이는 총각이 보고 자신은 카운터를 보거나 주문을 받았다.

처음엔 식당이 들어서서 반갑지 않았지만 우리는 차츰 그곳을 좋아하게 되었다. 고기를 좋아하는 나와 아이들은 가끔 1층에 내려가 식사를 하곤 했기 때문이다. 인심도 마음에 들고 고기 맛도 좋아 아는 사람들에게 추천을 해주었다. 그래서인지 입소문이 제법 났고 손님도 많아졌다. 그러나 식당 여자의 얼굴은 그리 밝아지지 않았다. 웃기는 잘하지만 웃음 끝이 축축했다.

어느 날, 식당 통유리가 깨어지는 일이 생겼다. 여자의 남편이 차를 몰고 식당으로 돌진했다. 술에 취해서였다. 인테리어 일을 하는데 벌이가 들쑥날쑥하여 시원치 않은 모양이었다. 여자의 말에 의하면 남편이 의처증도 있다고 했다. 웃음이 헤프다며 트집을 잡았다. 그러다가 술을 마시면 그런 엉뚱한 짓을 한다고 하였다. 먹고 살기도 힘든데 남편까지 행패를 부린다며 속상해했다.

힘들어 어떻게 하냐고 몇 마디 거들어주었다. 그때부터 부침개나 샐러드를 들고 우리집에 올라왔다. 이런저런 얘기를 하다가도 아쉬운 이야기를 했고 하소연 끝에는 새댁이 부럽다는 말을 잊지 않았다. 주부가 뭐 부러울 것이 있다고 그러냐며 그냥 빈말로 흘려들었다.

그 남편이 와서 큰소리를 내는 일이 부쩍 잦아졌다. 무엇을 부수는 소리도 들리고 여자의 찢어지는 소리도 들렸다. 그런 날은 식당 문을 열지 않았다. 가게 손님도 줄어들기 시작했다. 그러더니 어느 날부터는 아예 여자가 보이지 않았다.

여자가 없는 가게는 문을 닫았다. 식당에서 먹고 자던 총각은 한두 달 여자를 기다리는 눈치였으나 결국 떠났다. 그 총각이 떠나고 몇 달 후 여자가 찾아왔다. 다른 식당 찬모로 일한다며 걱정 말라고 했다. 그게 마지막이었다.

내가 기억하는 것은 늘 피곤이 가시지 않았던 여자의 지친 얼굴이었다. 식당일 하며 애들을 키웠던 여자. 미처 손질할 틈도 없어서 대충 틀어 올린 머리가 자주 헝클어졌다. 늦도록 일해서 갈라져 쉰 목소리로 '새댁, 여자 팔자는 뒤웅박 팔자야'라고 버릇처럼 말하던 여자. 물 한 방울 안 묻혀 봤을 것 같다며 내 손을 한참 들여다보던 그 여자.

할머니의 핀잔처럼 나는 평생 손을 아끼며 산다. 핸드크림을 바르다 보면 문득문득 그 여자가 생각나는 것이다. 손만 보고서 나를 거친 일 못해 본 한가한 '세컨드' 쯤으로 알던 여자. 그 여자의 뒤웅박은 어떻게 되었을까? 깨뜨렸을까?

공간에 대하여

아침 산책을 한다. 호숫가를 걷다보니 가장자리에 작은 집이 보인다. 누런 박스로 된 허름한 집 한 채. 마침 주인장이 고개를 파묻고 아침잠을 자고 있다. 하얀 바탕에 노란 얼룩. 부드럽고 따뜻하게 보이는 등을 쓰다듬고 싶어진다. 그 작은 박스가 고양이의 보금자리인 모양이다.

홍콩의 센트럴역이 생각난다. 내 눈을 붙잡은 것은 동남아 여자들이었다. 그들은 보도블록에 박스를 깔고 앉아 있었다. 가로 세로 120센티미터 정도되는 공간을 각각 차지하고 박스를 낮게 세워 경계를 구분한 그곳에서 밥도 해먹고 이야기도 하며 지내고 있었다.

가사도우미로 온 필리핀 여자들이었다. 임금도 훨씬 싸고 영어를 쓰기 때문에 홍콩 사람들이 고용한다. 그런데 홍콩의 집값이 워낙 비싸고 면적도 좁다보니 그들에게 방 하나를 내줄 수가 없다. 주어진 공간은 선반이나 다락 같은 곳이라고 한다. 평일에는 거기에서 잠을 자지만 주말에는 일을 쉬니 그 집에 있을 수가 없어 사람들이 오가는 복잡한 역 주변에 박스를 깔고 앉아 휴일을 보낸다.

역사상 인간이 저지른 비인간적인 행위 중 하나가 노예무역이다. 노예선박의 해상 이동 과정은 알다시피 끔찍하다. 선박 갑판 아래 사람이 겨우 누울 자리, 그것도 서 있지도 못하는 높이의 공간에서 제대로 옷도 걸치지 못한 채 모든 것을 해결해야 했던 노예들은 단지 운이 없었을 뿐이었다. 아프리카에 태어났을 뿐이고 노예 사냥꾼의 눈에 띄었을 뿐이었다.

인간은 사회적인 동물이기에 개인적인 공간도 필요하다. 사람에게 가장 편안한 공간은 어디일까. 외부로부터 몸을 보호하는 기능 이외에 심리적인 편안함을 주는 곳이어야 한다. 만약 천장이 높으면 불안감을 느끼고 너무 낮으면 짓누르는 느낌을 받는다. 공간적으로 편안함을 느끼는 폭과 높이의 비율은 2:1에서 1:1이다. 그렇지만 무엇보다도 인간에게 가장 편한 공간은 아무도 없는, 혼자 있을 수 있는 공간이 아닐까.

혼자 있을 수 있는 공간은 자기만의 방을 말한다. 버지니아울프는 여성이 픽션을 쓰려면 돈과 자신만의 방을 가져야 한다고 했다. 그녀는 『자기만의 방』에서 여성이라는 제약을 넘어서 물질적, 정신적으로 독립하기 위해서는 자기만의 방이 필요하다고 했다.

여성만이 아니라 누구나 타인의 눈으로부터 숨을 수 있는 공간은 필요하다. 그런 점에서 조지 오웰의 소설은 인상이 깊다. 전체주의의 허상을 간파하고 공산주의에 환멸을 느낀 조지 오웰. 그는 소설 『1984』에서 개인의 삶이라고는 전혀 가질 수 없는 가상의 사회를 보여준다. 개인의 생각조차도 감시받는 전체주의 시스템에서 벗어나고자 했던 주인공은 고문 끝에 결국 그 체제의 동조자가 된다. 소설은 '빅브라더'라는 전체주의적인 감시로부터 자유롭지 못한 개인의 삶이란 얼마나 끔찍한 일인지를 한 인간이 파멸해 가는 과정을 통해 보여준다.

군대생활이 힘든 이유 중 하나도 개인적인 생활이 없다는 점이다. 자신의 방을 가지고 살다가 스무 살 넘어 공동생활을 한다는 것은 힘들다. 같은 장소에 있다 보니 먹는 것, 자는 것, 화장실 가는 것을 서로의 눈과 귀에 다 드러내야 한다.

공동생활을 하면 알게 된다. 누구의 감시도 없이 다리를 뻗어 누울 수 있는 물리적인 공간, 타인의 눈이 차단된 나만의 공간이 얼마나 절실한지를. 타인 앞에서는 할 수 없는 것을 해소할 수 있는 공간이 얼마나 중요한지.

개인이 차지하는 공간의 넓이와 인간의 행복은 비례하지 않는다. 공간이 넓다고 행복한 것도, 좁다고 불행한 것도 아니다. 하지만 그 공간이 있고 없음의 차이는 크다. 그것이 삶의 질을 결정한다.

누런 박스를 보면서 공간에 대한 생각을 한다. 고양이나 센트럴역의 필리핀 여성보다는 훨씬 편안하고 넓은 공간에 거주하면서도 우리는 왜 더 넓고, 더 호화롭고, 더 비싼 집에 대한 소망을 멈출 수 없을까?

아이에서 어른으로 바뀌는 기준점

연대를 표현할 때 서양은 BC와 AD를 쓴다. 그리스도 탄생을 전후로 기원전과 기원후로 나눈다. 그리스도 탄생이 그 기준점이다. 내 역사에도 기준점이 되는 지점이 있다.

섣달그믐 무렵이면 부엌은 부산했다. 아궁이에선 장작불이 타고 가마솥에서 하얀 김이 솟아올랐다. 엄마와 할머니는 며칠 전부터 수정과며 식혜를 만들고 만두를 빚느라 종종걸음을 쳤다. 2킬로가 되는 길을 걸어 방앗간에서 가래떡도 빼왔다.

종일 언 논에서 썰매를 지치던 동생들은 무릎이며 바짓단이 푹 젖어서야 집으로 돌아왔다. 흙이며 지푸라기를 묻히고 얼굴은 빨갛게 얼어서. 그리고는 꽁꽁 언 다리를 아랫목 이불에 집어넣고 앉아 강정을 먹거나 얼음 낀 차디찬 식혜를 받아먹었다.

매년 설은 추운 날을 잡아서 돌아왔다. 코끝이 찡하게 얼어붙을 것 같은 매운 날만 골랐다. 처마의 고드름도 가장 길게 늘어지는 겨울의 강심. 그 한복판에 낀 설. 눈밭에 떨어진 귤처럼 달력에도 내리 사나흘 빨간색으로 설 연휴가 끼어 있었다.

설 아침에는 늘 고민을 했다. 차례가 끝나면 제사상에 놓인 음식 중에서 무엇부터 먹을까가 나의 가장 큰 고민이었다. 곶감, 옥춘사탕, 약과, 젤리. 어느 것 하나 뒤로 세워놓을 수 없었다. 최종적으로는 약과와 젤리 중에서 망설였다.

내겐 그 고민이 아주 중요했다. 위장은 한정되었기에 신중해야 했다. 우선순위를 정해놓지 않고 아무 생각 없이 먹었다가는 배가 불러 나름 정해놓은 맛있는 음식을 맛보지 못할 수도 있었다. 떡국도 좋아하지만 먹다가 배부르면 계획에 차질이 생기기 때문에 나중으로 밀어놓았다.

가장 먹고 싶은 음식을 먼저 먹고 그 다음 순으로 먹어야 후회하지 않는 설날 아침이 되었다. 이것은 지금도 애용하는 방법이다. 과일 선물이 들어오면 상자를 열어 크고 예쁜 것부터 먹는다. 밥을 하면 찬밥이 남아도 새로 한 밥을 먼저 먹는다. 가장 맛있을 때 최고 좋은 것을 먼저 먹는 것이 음식을 먹는 나의 법칙이다.

머릿속으로 먹는 순서를 정하는 것은 즐거운 고민이었다. 먹는 즐거움을 눈앞에 두고 맛있는 것들의 순위를 매기는 일은 논리적 타당성을 고려하는 세심한 작업이었다. 당도는 어느 것이 더 좋은지, 입에 들어갔을 때의 만족도라든지, 안 먹었을 경우에 감수해야 되는 것까지 꼼꼼히 따져보며 하는 선택이었다.

차례를 지내는 시간이 왜 그리 길던지. 숟가락을 세 번 탕탕탕 구르고 떡국에 올려놓는 그 몇 초, 절을 하는 그 몇 분. 제기에 술을

3부 삶의 깊은 맛

따라서 향 위에서 빙 돌린 후 상에 올리는 아버지의 손. 그 손을 눈으로 따라가며 언제쯤 끝날지를 속으로 셈하였다. 반들반들 까맣게 닳아버린 문지방 너머로 며칠 전 내린 눈이 하얗게 반사되는 그 시간은 길고 길었다.

이제는 설날이 되어도 설레지 않는다. 추석도 크리스마스도 그때의 설렘과 같은 질의 즐거움은 다시 맛볼 수 없었다. 언제였더라. 약과부터인지, 젤리부터인지를 놓고 고민하지 않던 것이. 제사가 끝나기를 기다려 약과부터 손에 쥐는 행동을 하지 않게 된 것이.

제사상을 차리는 주체가 될 때부터였을 것이다. 결혼하고 처음 시댁에서 치르는 명절. 새벽부터 부엌에서 일하면서, 바닥에 한 자세로 앉아 나는 먹지도 않을 전을 부치면서, 찬물에 손을 담그면서 나는 어딘가를 지나고 있었다. 손끝의 냉기가 머리로 가면서 이런 통점을 지나가야 어른이 된다는 것을 깨달았다. 그러니까 그것은 일종의 통과의례라는 문이었다.

내 역사에서 아이와 어른을 나누는 기준점. 그것은 제사 음식의 먹는 순서를 고민하는 것이었다. 더 이상 고민하지 않게 된 그 지점에 이르러서야 나는 알게 되었다. 산다는 것이 먹는 것의 우선순위를 가리는 것처럼 단순하지 않다는 것을. 어른이 된다는 것은 얻는 것이 아니라 잃는다는 것을, 그리고 약과와 젤리 사이에서 다시는 행복한 고민을 할 수 없다는 것을.

겨울 이야기

    겨울의 초입은 달력의 마지막 발. 11월이 낙엽까지 거두어 가고 남은 12월. 서른 한 개의 날짜를 다 밟으면 이 해 안에 들어있는 어떤 날짜도 불러올 수 없다. 생일도, 기뻤던 날도 여행 갔던 일도. 12시 땡 하면 사라지는 신데렐라의 옷자락처럼 붙잡을 수 없다. 유행가 가사처럼. 계절이 밟고 간 이 해는 다시 리메이크 되지 않는다.

    지는 해와 다가올 해를 양다리에 걸친 겨울이다. 가는 년과 오는 년 사이에 선 겨울은 이 년과 저 년을 저울질을 해보지만 아무래도 새 년으로 기운다. 새것은 늘 설렌다. 예쁜 여자보다, 돈 많은 여자보다 뉴 페이스에 목숨을 거는 수컷처럼.

    벽으로 몰려 붙은 달력을 들여다본다. 12월의 얼굴이 붉다. 여기까지 오느라 숨이 차는지. 좀 버거웠나보다.

    늦게까지 찬바람이 불었던 봄, 봄의 과녁을 맞히지 못해 살구꽃

                              3부 삶의 깊은 맛

피는 봄에도 나는 뻐꾹뻐꾹 날아다녔다. 겨우 집에 들어앉은 여름은 소나기처럼 맑았다 흐렸다 정신없었다. 추석을 일찍 당겨다 놓았던 가을도 느지막하게 바스락거리다 뜨는 둥 마는 둥 숟가락을 놓고 급하게 지나갔고 이제 마지막 계절 하나를 앞두고 12월의 코앞에 서 있다.

겨울은 온도를 내리는 대신 사람들의 옷깃과 물가를 올린다. 지출 목록은 시린 손을 주머니에 넣게 하고 카드는 꺼내게 만든다. 그뿐 아니다. 사람들의 나이를 둘둘 말아 쥐고 주름을 만든다. 닳은 연골 사이를 찬바람이 들락거리면 끊어진 누군가의 안부가 가슴에 삐걱거리는 겨울이다.

나는 천성적으로 겨울이 맞지 않았다. 겨울에 태어난 사람들은 겨울이 좋다던데 나는 그렇지 않다. 겨울이란 말만 들어도 얼어붙은 문고리를 물기 어린 손으로 잡아당기듯 찌릿하게 얼음에 들러붙는 기분이다.

목이 긴 나는 추위에 허술하기 짝이 없는 신체를 타고났다. 그 덕에 남들보다 1, 2도 낮은 온도로 겨울을 나는 것 같다. 아마도 내 조상은 추위에 적합하지 않은 남방계열이었을 수도 있다는 상상을 하면 웃음이 나온다.

겨울은 투명하다. 겨울의 차가운 강심에 닿으면 사물들은 숨길 수 있는 것이 없다. 잎사귀를 걷어낸 나무는 앙상하고 들판은 황무지 같으며 호수는 얼어붙는다. 겨울의 터널을 지나는 동안 힘이 약한 야생 고양이는 홀쭉해지거나 아예 동사해버린다.

또한 겨울은 솔직하다. 누가 더 많이 가졌는지 알 수 있다. 한여

200개의 스푼

름에는 저렴한 티를 입고 다녀도 부끄럽지 않다. 싼 옷을 입었다고 더 덥지 않으며 비싼 옷을 입었다고 더 시원한 것도 아니다. 하지만 겨울옷은 대체로 가격과 품질이 정비례한다.

점퍼나 코트가 변변치 않았던 어린 날의 겨울은 몹시 추웠다. 구멍 난 양말도 따뜻하지 않았고 어딘가가 새는 신발도 마찬가지였다. 거기다 물려 입은 옷들은 낡아서 추위를 막아주지 못했다. 곤궁한 처지를 가릴 수 없는 계절이 겨울이었다. 누군가 어린 날의 겨울을 묻는다면 해줄 말이 없다. 내게 겨울은 허름한 헝겊으로 꽁꽁 싸맨 발 같은 말이다.

그래도 겨울이 아름다운 것은 눈이 내려서일 것이다. 찬바람 속에서 가을이 남긴 기억을 더듬어 가다 보면 모퉁이 어느 곳에 휘갈긴 낙서처럼 조금은 부끄러운 기억들이 담벼락에 후줄근하다. 그런 오후에 눈이라도 내린다면 혼자만 아팠던 이별도 용서할 수 있을 것 같다.

첫눈이라도 내린다면 누군가에게 전화를 걸고 싶다. 열여섯 살처럼 두근거린다. 매년 오는 첫눈이어도 '처음'이 주는 그 떨림이 좋다. 초경처럼. 첫 키스처럼. 첫 월급처럼. 그렇게 본다면 첫눈은 신이 내린 연말 보너스쯤 되겠다. 등 시리고 삭막한 겨울에 그런 낭만이라도 소비하라고.

그런데 눈 내리는 날의 기억이 슬픈 일이 더 많다. 함박눈이 내리는데 집에는 가지 못하고 신발이 푹푹 빠지는 눈 쌓인 골목을 반복해서 오간다거나 화이트 크리스마스인데 집에서 티브이만 봐야 했던 기억들. 희디 흰 눈을 보면 그때의 기억들이 투정부리듯 따라

들어온다.

　그러면 나는 접어놓은 약봉지를 펼치듯 하나하나 펼치며 지금은 괜찮다고 그것은 아주 먼 시간의 태엽 안에서 먼지가 되어 가는 것이라고 약 가루 같은 기억을 후 불어버린다.

　그렇게 본다면 눈은 겨울이 주는 위로이며 위안인 것 같다. 넘어져 찢어지고 흙 묻은 겨울의 상처를 눈이 소독하고 연고를 발라주고 허름한 기억들을 다독이고 포장해주는 것이다. 혹독한 시간은 멋진 날들의 밑바탕이 되라고 말이다.

　이번 겨울, 큼지막한 눈이 폭신하게 쏟아진다면 카페로 갈 것이다. 영화를 보자거나 커피 한 잔 마시자는 친구가 없어도 혼자 커피를 놓고 유리창 너머로 내리는 눈이나 실컷 보면서 가장 행복했던 날들을 떠올릴 것이다. 나의 가장 환한 계절과 사랑하는 사람들의 이름을 불러내어서.

　　　　　　　　　　　　　　　　　　　200개의 스푼

잃거나 혹은 잊거나
— 도공의 아내

어느 날 문득 분청사기 접시가 생각났다. 분청사기란 말만으로 푸르스름한 옥색 물이 가슴골을 따라 흘러드는 것 같다. 손끝을 타고 들어왔던 거친 느낌도 아직 생생한데. 어디 있더라. 가슴이 쿵 하고 내려앉는다. 분청사기 접시 하나를 가지고 있었다는 것을 까맣게 잊고 있었다.

생일 선물이었다. 16세기에 만들어진 것으로 추정되며 지름은 약 15센티미터 정도의 연한 옥색이 흐르고 바닥은 굽이 있으며 전체적으로 투박하였다. 그리 큰 가치는 없으나 오래된 물건이라며 건네던 사람이 떠오른다. 나는 그것을 이삿짐을 싸기 전까지 피아노 위에 올려두고 보며 여염집 부엌 찬장에 얹혀 있었을 접시를 상상하곤 했었다.

이제야 떠오르다니! 일 년 동안 여기저기로 거처를 옮기고 하면서 전혀 기억이 나질 않는 것이었다. 오피스텔에 머물 때까지는 있었던 것 같은데 남쪽 지방에 몇 달 머문 이후 털끝만큼의 실마리도 남아있지 않았다.

낡은 기억을 뒤진다. 데이터의 서랍들은 닫혀있다. 중요 물건 목록도 뒤져보지만 거기엔 분청사기가 없다. 오피스텔과 남쪽에 머물던 집의 있을 만한 장소를 더듬어 보지만 그것이 그냥 이미지만 기억에 끼워진 것인지 자신할 수 없다. 기억은 사금파리처럼 조각나고 아귀를 맞출 수가 없다.

왜 지금 그 생각이 났을까. 이사는 3개월 전에 했는데 왜 이제야 그 물건이 생각나는가 말이다. 부엌과 서재 거실의 둘 만한 곳을 뒤져 보아도 어디에도 없다. 백화점에서 접시를 사면서도 시간의 때가 겹겹이 쌓였던 분청사기는 생각지 못했다.

말끔하게 사라진 몇 달간의 기억. 가위로 도려낸 듯 단서도 없이 증발된 분청사기. 마치 어두운 상점들의 거리에 나오는 주인공 기롤랑처럼 아득해진다. 10년간의 기억을 찾다가 알프스 산맥에서 드디어 기억을 찾은 기롤랑의 감정이 내게로 전이된 느낌이다. 사랑하는 연인과 기구하게 헤어진 기억을 되살린 기롤랑의 절규가 떠오른다.

나는 분청사기를 잃어버렸다. 아니 그 전에 잊었다. 잊고 있다가 잃어버린 사실을 한참의 시간이 지난 후에 알았다. 잃어버리다와 잊어버리다. 그 두 말은 뿌리가 같은 말이 아닐까를 짚어본다. 잊지 않았다면 잃어버리지 않았을까를 생각하며 나를 추궁해도 분청사기는 내게 없다.

그렇게 잊을 수가 있을까. 잃어버린 줄도 모르고 잊고 살 수도 있다니. 이렇게 깜깜하게 잊으며 살 수도 있구나. 그렇다면 어쩌면 나는 전생을 잊고 여기에 있는 것은 아닐까. 태어나면서 전생의 모든 것을 잊고 나오도록 되어있는 것이 아닐까. 그런 생각에 이르자 뭔가 가슴이 아파오는 것이다. 나는 전생에 누군가를 잃고서 지금 현생에 팽개쳐진 것이 아닐까?

어쩌면 그 분청사기 접시를 쓰던 여인은 내가 아니었을까. 귀한 접시라고 찬장에 고이 올려두고서 평소엔 나무그릇에 밥을 먹다가도 서방님 상이나 사랑방 손님상에 내갈 때 그 접시에 나물을 올려 가지 않았을까.

어쩌면 나는 그 분청사기를 구운 도공의 아내일지도 모르겠다. 왜란이 일어나 도공이 일본으로 잡혀가기 전에 아내 손에 건네준 것은 아닐지. 그것이 그가 조선에서 구운 마지막 분청사기였을지도. 그리고 아내는 평생 도공이 떠난 바다 쪽을 바라보며 살지 않았을까.

그 그릇을 생각하면 가슴이 아려온다. 그렇다면 필시 내게도 슬픈 전생이 있었던 것도 같다. 짚어보면 아주 맥이 닿지 않는 것도 아니다. 누군가를 잃고 헤매는 꿈을 자주 꾸는 것도 그 때문이 아닐까. 늘 아이를 찾거나 누군가와 헤어져 안타까운 것이다. 아이들 키울 때 자다가 깨면 옆자리에 자고 있는 아이들을 더듬고 안심을 했었다.

일 년 동안 떠돌았으니 물건이 온전하길 바라는 것이 이상할지 모른다. 옷가지며 소지품, 책 같은 것이 한둘이 아닐 것이다. 무엇을 잃어버린 줄도 모르고 있을 것이다. 그러다 시간이 지나면 어쩌다 생각이 나겠지. 물건 만이 아니었겠지. 하나를 가지기 위해 반짝거리는 몇 가지를 잃어버린 삶이 이전에도 있었을 것 같다. 명치 끝이 조여드는 것이.

또 무엇을 잃었을까 혹은 잊었을까. 나는.

손톱

두 개의 달이 보인다. 손톱이 시작되는 부분에 살짝 얼굴을 내민 달. 그리고 가장자리에 하얗게 아치를 이루며 끝으로 밀려난 달. 초승달 같기도 하고 그믐달 같기도 하다.

어느 틈에 자라는 걸까. 이불 위에 두 손 내놓고 자는 밤, 누군가 와서 손톱을 늘이는 것도 아닌데. 안쪽의 달은 그 자리 그대로인데 왜 바깥쪽 하얀 끝동만 자라는 것인지. 엄지와 검지, 중지도, 약지 와 새끼도 모두 하얗게 끝이 길어져 있다. 주인도 모르게 조금씩 키를 늘인다. 아니, 끝이 늘어나는 것이 아니라 밀려 끝으로 가는 것인가.

손톱을 보면 애처롭다. 얼마나 살이 여리면 딱딱한 각질을 붙여 놨을까. 갑각류들이 그렇다. 속이 여린 것일수록 딱딱한 껍질을 갖고 있지 않은가. 겉이 단단해 보이는 것일수록 속은 물컹한 것이 많다. 어쩌면 나도 그중 하나일 것이다.

아마도 손톱은 나중에 만들어진 부분이리라. 신이 인간을 빚을 때 다 만들어놓고 여리고 미덥지 않아서 마지막으로 붙여준 것이 틀림없다. 그거라도 지니고 있으라고. 억센 뿔도 날카로운 이빨도 없으니 손톱이라도 지니고 있으라고. 그러니까 손톱은 신이 여린 것에게 주는 위로가 아닐는지.

그리 본다면 손톱은 손에 달린 작은 무기다. 깎지 않고 길게 놔둔다면 충분히 무언가를 흠집 낼 수 있다. 대만의 고궁 박물관에서 본 서태후가 쓰던 손톱 장식처럼. 그것은 가히 무기로 보였다. 누군가를 직접적으로 위협하지는 않았겠지만 권위를 나타내는 것으로 쓰였으니 아주 아니라고 할 수는 없겠지.

무기라는 점에서 보더라도 손톱은 신중하게 다루어야 한다. 용안을 할퀴어 사약까지 받은 연산군의 생모 폐비 윤씨를 보더라도 무기 사용은 역시 맨 마지막이어야 하지 않을까. 누군가의 마음을 할퀴는 일 또한 조심해야겠지.

무기라고 하지만 그리 견고해 보이지도 않는다. 어딘가에 부딪치면 살이 까맣게 죽는다. 때로는 손톱까지 빠져야 낫는 것을 보면 여간 예민한 곳이 아닐 터. 아프기는 얼마나 아픈지. 짐작컨대 손톱이 빠지는 것은 죽은 살을 밀어내는 것이어서 죽을 만큼 아픈 것이리라. 피붙이를 보내는 일처럼 누군가를 내 삶으로부터 밀어내던 일도 죽을 만큼 아픈 일이지 않았던가.

표시 나지 않게 아픈 곳이 손톱 밑이다. 안쪽으로 들어간 여린 부위여서 가시가 들면 눈물 나게 아프다. 이상한 것은 미운 사람도 꼭 손톱 밑 가시처럼 가슴을 파고든다는 것이다. 가시는 가장 약하고 연한 틈으로 파고든다. 역설적인 것이 사랑하는 사람도 손톱 밑에 든 가시처럼 아프다. 어쩌지도 못하게. 그러고 보면 미움과 사랑은 같은 종류의 아픔일지도 모른다. 가까운 사람과는 많이 싸우고 미워하는 법이어서 탈이 나면 더 아픈 법이다. 손톱 못지않게 예민하고 까다로운 것도 마음이니까.

존재감은 미미하지만 없으면 아쉬운 손톱. 파근파근하게 쪄낸 감자의 껍질을 살살 벗길 때라든지 마늘을 깔 때도 여간 요긴한 것이 아니다. 가려운 곳을 긁고 얇은 것을 집을 때도 톡톡히 제 몫을 한다. 이런 미세한 작업을 뭉툭한 손가락으로는 할 수 없어 손톱이 붙어있는 것이리라.

손톱을 보면 그 사람이 보인다. 손은 나이를 속일 수 없다고 하지만 손톱은 직업을 속일 수 없다. 농사일을 하는 사람의 손톱은 까맣고 바이올리니스트는 짧다. 자동차 정비공은 기름때가 끼어있다.

어머니의 손톱 밑은 늘 까맸다. 밭농사에 손이 깨끗할 날이 없었다. 식구들 쉬는 저녁에도 고구마 순을 까고 마늘을 깠다. 내가 좀 거들려고 하면 손에 검은 물이 든다고 못하게 했다. 어머니의 땀과 눈물, 자식에 대한 걱정과 조바심은 절이고 절여져 까맣게 손톱 밑에 들어앉아 가실 줄 몰랐다. 그 까만 손톱으로 참기름을 짜고 감자를 캐고 고추를 빻아 내 차에 실어주었다.

손톱을 보면 소비의 패턴이 보인다. 현재를 즐기는 요즘 세대의 소비 성향이라고 할까. 적지 않은 수의 여성들은 시간과 돈을 들여 손톱에 작은 사치를 부린다. 네일샵에서 관리받거나 네일 스티커를 구입해 붙이기도 한다.

　경제적으로 과도한 사치는 못하지만 그리 많은 돈을 들이지 않고 소소한 부분에서 부유함을 맛보는 소비다. 이들은 미래를 위해 현재를 저당잡히는 삶을 거부한다. 멋진 집을 사지는 못하지만 여행을 가서 비싼 호텔에 머물고, 근사한 점심을 먹지 않지만 커피를 마시는데 점심값과 별 차이나지 않는 돈을 지불한다. 작은 것에 사치를 부려 현재의 행복감을 느끼는 소비형태다.

　반짝거리는 매니큐어가 칠해진 긴 손톱. 자기만족을 누리는 기쁨도 있지만 설거지나 허드렛일을 하기엔 불편하다. 갑갑하기도 하고 두꺼워진 손톱 때문에 손놀림도 부자연스럽다. 하지만 그 점 때문에 더 손톱을 가꾸는 것일지도 모른다. 마치 '나는 집안일 따위는 하지 않아도 되는 사람이에요'라고 말하는 듯.

　소스타인 베블런은 이렇게 말한다. 노동에 종사할 필요가 없는 유한계급의 소비문화는 실용적인 것보다는 비실용적인 것, 간편한 것보다는 불편한 것, 쉬운 것보다는 어려운 것을 선호한다고. 이런 소비는 자신이 직접 노동에 종사하지 않는다는 것을 보여주기 위해서다. 예를 들면 노동을 할 필요가 없는 서양의 귀족 부인들이 거추장스런 긴 드레스를 입은 것처럼 말이다. 마찬가지로 집안일이나 힘든 일을 하지 않아도 되는 사람처럼 보이고자 길고 예쁜 손톱을 유지하는지도 모른다.

　언젠가 아이 학교에 상담하러 갈 일이 있었다. 학교에 갈 때는 손톱을 손질하고 가라고 누군가 귀띔을 해주었다. 그래야 좀 사는 집 엄마라는 인상을 줄 수 있다고. 부유하고 가난하고가 아이 진로 상담과 무슨 연관성이 있을까 만은 손톱이 그 사람의 현재를 짐작케 할 수도 있구나 싶었다.

비단 손톱뿐일까. 옷과 가방, 자동차, 집. 우리는 있어 보이는 것에 필요 이상으로 신경을 곤두세우고 사는 것은 아닌지 싶었다. 그런데 왜 모임이 있을 때 손톱에 매니큐어를 바르고 싶어지는 것일까. 이런 나의 이중성, 자기기만을 어떻게 해야 할까.

내 손톱은 짧지도 그렇다고 길지도 않다. 너무 짧게 자르면 아파서 어느 정도 하얀 부분을 남겨 놓고 깎는다. 어쩌다 바투 자르면 손끝이 아파서 고생한다. 후회를 하면서도 나도 모르게 짧게 자르는 경우가 생긴다. 선택이나 결정도 그랬다. 바투 자른 손톱처럼 성급히 내린 결정들은 후회의 시간들을 데리고 왔다가 천천히 아물곤 했다. 간혹 아물지 않고 계속 덧나는 상처도 있다.

보라색이 도는 손톱을 들여다본다. 가만히 보노라면 가리비 조개의 안쪽을 보는 것 같다. 가지런한 여러 개의 빗살이 촘촘한 홍가리비. 패각에 오목하게 남은 엷은 보라색이 자꾸만 슬퍼지는 껍데기. 패주가 끊기는 소리가 들릴 것 같은, 손톱 같은 조개껍데기.

조개껍데기들이 다 그렇다. 누군가 살았던 작은 집에 커다랗게 들어찬 공허. 여린 살은 어디로 가고 껍데기만 남은, 지키고 싶었던 것을 잃은 집. 무언가를 잃는다는 것은 보라색으로 배어드는 슬픔이라고, 이유 없이 마음이 가라앉는 것이라고 말할 것 같은 작은 집.

지키고 싶었던 것이 있었다. 지키고 싶었으나 끝내 놓치고 말았다. 어린 동생의 손을 떠나 하늘로 올라가던 풍선처럼, 만원 버스

3부 삶의 깊은 맛

에서 잃어버린 운동화 한 짝처럼 어이없이. 삶에서 밀려난 언니를 놓친 기억. 그것은 내 역사를 관통하는 하나의 축이 되었다.

　살아온 이력들을 조개껍데기 뒤집듯 하나씩 되짚어 본다. 그렇게 하지 않았으면 그런 일이 생기지 않았을지도 모른다고 조개껍데기를 뒤집어도 가정은 가정일 뿐 결과를 바꾸지 못했다. 어쩔 수 없이 내주고 말았다고, 불가항력이었다고 악을 써도 되돌아올 수 없는 것들은 죽을 때까지 손톱 밑을 찌르는 가시로, 아물지 않은 생인손으로 남았다.

　8년간 언니의 손톱을 깎았다. 의료사고로 식물처럼 누워있던 언니는 매년 시들어 갔다. 누군가 영혼만 고스란히 빼내어 가져가고 몸만 남겨둔 것 같았다. 이상한 것은 사람은 시들어 가는데 손톱은 자란다는 것이었다. 일부러 맞춘 것도 아니건만 내가 병원에 찾아갈 때쯤이면 언니의 손톱이 자라 깎을 즈음이 되곤 했다. 휠체어에 태우고 병원을 한 바퀴 돌고 몸을 주무르고 귀에다 속삭여도 언니는 하품만 했다. 그새 자란 언니의 손톱을 깎고 간병인 주머니에 몇만 원 찔러주고 오는 것이 병문안의 굵직한 일거리였다.

　나는 침대에 걸터앉아 아무런 긴장감도 없는 언니의 손을 왼손으로 쥐고 오른손으로 손톱을 깎았다. 사람이 아프면 손톱부터 변한다. 하얗고 통통하던 손은 삭아서 부서질 것 같았다. 분홍색이던 손톱은 누렇게 되었다. 퇴색된 언니의 삶처럼 손톱도 색이 바랬다. 깎는 소리도 나지 않고 바닥으로 힘없이 떨어졌다. 튕기지도 않고 톡톡 떨어지는 소리도 나지 않았다.

　손톱을 깎으며 알았다. 누군가에게 손톱을 맡기는 일도, 깎는 일도 아주 슬픈 일이라는 것을. 더욱이 피붙이의 손톱을 깎는 일은 마음을 깎아내는 일이라는 것을. 그것은 한 점 한 점 꽃잎을 떼어내듯 희망이라든가, 바라던 기적을 놓아버리는 일이었다.

어떤 인연은 너무 슬퍼서 잘릴 때에도 소리가 나지 않는다. 슬픔이 너무 길면 눈물도 나오지 않는다. 벙어리 울듯 울음은 삭혀져 묵음으로 쌓인다. 전화기 너머로 아무런 대답도 들려오지 않는 것처럼. 나는 여전히 전화기를 들고 있는데 상대는 벌써 종료 버튼을 누른 다음이다. 그것은 언니의 손톱이 깎이는 것처럼 묵음이었다. 언니의 영혼은 깎은 손톱을 밟고 소리도 없이 문을 닫고 가버렸다. 손톱 밑처럼 아프게.

끝으로 밀린 손톱을 깎는다. 똑똑 떨어지는 손톱들. 시간에 떠밀린 주름이 자근자근 눈가를 움켜쥐는 사이에도 접혔던 기억은 새것처럼 생경하다. 자꾸 떠밀려 가다보면 그 기억도 같이 떠밀릴까. 아무도 없는 거실에서 똑, 똑, 손톱 깎는 소리만 들린다. 내 손톱을 깎으며 누군가의 손톱을 기억하는 저녁이 흐느낀다.

내가 자른 언니의 손톱은 어디에 있을까. 힘없던 하얀 달들. 억지로 되는 인연은 없다고. 떠날 인연은 떠나고 만날 인연은 어느 구간에서든 만나게 되리라며 썩고 있을까. 길고 밋밋한 인연도 짧아서 서러운 인연도 언젠가 끝으로 밀리는 것이라고. 달이 차면 기울듯 묵은 손톱을 밀어내면 새 손톱이 그 자리에 들어선다고. 그러니 울지 말라고.

아파트 위로 달이 기운다.

나의 2월들

달을 하나 넘었다. 설도 지나고 1월도 뒤로 가고 2월이다. 빠르다. 아무리 바쁘게 움직여도 시간은 나를 앞지른다. 뒤로 갈수록 흐름도 가팔라진다.

벌써 2월. 어느 시인은 2월을 '벌써'라는 말과 잘 어울리는 달이라고 했지만 '아직'이라는 말도 잘 어울린다. 이때는 뭘 입어도 마땅찮다. 아직은 추워서 두꺼운 옷을 입지만 우중충하다. 백화점에 진열된 야들야들한 봄옷들 때문이리라. 아직 봄이 아닌데도 봄을 볼모로 한 마케팅에 지갑을 연다. 미리 옷을 사놓고 기다리는 것도 매년 되풀이되는 2월의 단골 매뉴얼이다.

달이 짧아서 그럴까. 손해 보는 기분이다. 아이들 학원 수강료는 달 단위로 일정하게 지불하는데 실제 수업 일수는 다른 달보다 적다. 그렇다고 이삼일 깎아주지도 않는다. 하긴 다른 달과 똑같이 받는 월급은 이득을 보는 셈이다. 그런데 밑지는 기분이 드는 것은 왜인지.

단물 빠진 애인처럼 밋밋하다. 12월처럼 크리스마스가 있는 것도 아니고 7,8월처럼 열정적이지도 않다. 4월처럼 하늘거리지도 않는다. 겨울이라고 하기에도 그렇고 봄이라고 우기기에도 무리다.

존재감이 미미해서 안쓰럽다. 1월과 3월 사이, 까치발을 한 2월. 눈 감았다 뜨면 지나버리는 아쉬운 달이지만 2월은 2월의 자리에 있어야 한다. 적은 날짜라도, 꽃이 피지 않더라도.

발렌타인데이처럼 가끔 이벤트가 있는 달이다. 봄 날씨 같다가 갑자기 함박눈이 쏟아지는 경우다. 헤어진 연인에 대한 미련을 버리지 못하듯 낭만적인 폭설이 퍼붓기도 하니까.

주로 2월에 있는 대보름은 농사의 시작을 알리는 날이다. 지신밟기나 쥐불놀이, 달집태우기를 하며 풍요와 안정을 기원한다. 'February'도 대보름과 비슷한 의미다. 어원이 fire, burn, smoke에서 유래한다. 밝은 보름달 아래서 연기나 제물을 태워 정화의식을 하는 달이라는 의미다. 한 해를 시작하며 풍년과 안녕을 바라는 마음은 동서양이 다르지 않나보다.

이때쯤 새 학기를 준비했다. 새로 쓸 노트를 사오고 새 학기 교과서를 샀다. 서점에서 책을 사면 얇은 종이로 겉표지를 싸주었다. 책이란 그렇게 소중하게 다루는 것이라고, 마음의 식량이니 함부로 하면 안 되는 것으로 알았다.

교과서는 투명 셀로판지로 싸기도 하고 예쁜 포장지로 쌌다. 그도 없으면 지난 달력으로 쌌다. 각이 잡힌 교과서에 이름을 쓰고 필통엔 갸름하게 깎은 연필들을 키 순서로 눕히고 지우개도 아래

쪽에 얌전히 두었다. 책가방에 교과서와 노트와 필통을 가지런히 넣어두었던 2월들. 가방 안에 소중한 것을 넣어 두기라도 한 것처럼 설렜다.

지금 그때를 기억하는 이는 드물다. 가루약을 얇은 종이에 접어서 주던 약국이 기억의 저편으로 사라졌듯이 책을 포장하던 80년대는 잊혀졌다. 신이 우리에게 뇌를 주신 것은 망각하기 위해서라고 스베덴보리가 말했듯이.

그렇더라도 시간의 켜가 묻은 2월은 아직 나를 배회한다. 대보름 아침 내 입에 쪼갠 호두를 넣어주던 할머니의 거친 손이며, 쥐불놀이용 깡통에 구멍을 뚫던 아랫집 순옥이 오빠의 까만 이마라든지, 다 쓴 볼펜대에 몽당연필을 끼워 필통에 가지런히 채우면 뭔지 모르게 따라오던 뿌듯함이라든지 하는 자질구레한 기억들. 2월이면 군내가 도는 동치미처럼 찝찌름한 맛의 그것들은 이상하리만큼 또렷하다.

나의 2월들. 책을 싸거나 쥐불놀이를 따라가던 아날로그적인 기억들은 동네 키 큰 나무에 얹힌 까치집처럼 기억의 표상으로 남았다. 그렇다면 올 2월을 기억할 때도 KF 94, 혹은 KF 80의 마스크를 먼저 떠올리는 것은 아닌지 모르겠다. 1월에 찾아든 불청객 때문에.

이 달도 가운데로 들어섰다. 꽃눈을 단 나무들은 지금쯤 부지런히 수액을 퍼 올리고 있을 것이다. 곧 화사한 소식도 올라오겠지. 마스크를 쓴 2월은 이제 겨울을 데리고 계절의 경계선 밖으로 가버리겠지. 바이러스까지 데리고 가면 더 좋겠다.

200개의 스푼

내리막에는 브레이크가 없다

앞 차가 갑자기 비상등을 깜박거린다. 끼이익! 오른발을 앞으로 뻗어 브레이크를 밟았다. 상체가 뒤로 물러났다가 앞으로 쏠린다. 눈으로 들어온 긴장이 오른쪽 발끝으로 간다. 타이어가 마찰음을 내며 고삐를 잡아당긴다. 워워. 심장박동수가 급상승하면서 무의식적으로 오른팔을 뻗는다. 반사적이다.

아침 도로에서 브레이크를 밟는 소리가 심장을 찢는다. 도로가 막힌다. 두 대의 차량이 붙어있다. 차간 거리가 너무 좁았거나 브레이크를 너무 늦게 밟았거나. 찌그러진 자동차처럼 운전자들의 얼굴도 일그러졌다.

급히 밟는 브레이크 소리 그다음은 늘 쿵! 사고가 날 때에 어김없이 브레이크를 밟는다. 안전과 직결되는 제동력은 자동차의 가장 중요한 기능 중 하나다. 차를 구입할 때 제로백이나 멋진 외관, 연비보다 더 중요한 것이 제동력이다.

제동력이 시원찮으면 사는 것도 힘들다. 가던 말에서 뛰어내리기 힘들 듯 하던 일에서 손을 떼는 것은 쉬운 일이 아니다. 아니다 싶으면 손을 떼야 하는데 그러기가 쉽지 않다. 문제는 타이밍이다. 잘 놓치는 것이 문제다.

치솟는 주식시장에서 뛰어내릴 시기를 아는 것은 얼마나 힘든 일인가. 더 오를 것 같은 욕심에 하루에도 몇 번을 '팔아? 말아?' 하면서 번복한다. 주가가 떨어질 때는 또 어떤가. 다시 오를 예상에, 혹은 손해난 것이 아까워 계속 붙들고 있다. '뛰어내려? 말어?'를 고민한다.

큰아이는 몇 년 전부터 금 상품을 적립했다. 올해 금값이 뛰니 매일 고민이었다. 용돈으로 재테크를 하는 아이가 흥미로워 지켜보기만 했다. 내 생각엔 금값이 더 오를 것 같았다. 더 두어도 되겠다고 넌지시 말했으나 아이는 30퍼센트의 수익률을 달성하고는 매도했다.

그 후 금값이 더 올랐다. 내 예상대로였다. 하지만 아이는 싱글벙글이다. 수익을 달성했으면 되었다고 한다. 떨어질지 올라갈지 매일 그 생각만 하니까 떨린다고 했다. 매도하고 나니 속이 시원하고. 욕심이 없으면 사는 것도 쉽다.

올라가는 일만 있다면 브레이크는 필요 없다. 브레이크가 중요한 것은 내리막이 있기 때문이리라. 내려오는 일은 올라가는 일 못지않게 힘들다. 자전거나 자동차는 브레이크가 있지만 인생의 내리막에는 브레이크가 없다. 추락하는 것은 가속도가 붙는다. 올라갈 때의 희열만큼 내려가는 속도는 더 가파르다. 높이 올라갔던 사람일수록 가진 것이 많았던 사람일수록 내려가는 가속도는 더 빠르다. 거기에 따라붙는 상대적이 허무감은 사람을 무너뜨리기도 한다.

자신만만했던 삶도 내리막에는 쉽게 흔들렸다. 쉽게 노여워지고 기습적으로 눈물이 솟았다. 한 번 흔들린 감정은 통제가 쉽지 않았다. 상대의 말 한마디에 자존감은 쉽게 무너졌고 간신히 쓸어 올리면 다시 허물어졌다.

브레이크의 부작용도 있다. 미리 조금씩 나누어 브레이크를 밟는다면 문제가 없겠지만 갑자기 밟는 경우의 여파는 크다. 앞으로 가고자 하는 자동차와 브레이크의 무력충돌이다. 힘의 방향은 브레이크를 밟는 순간 출렁 뒤로 물러난다. 관성의 법칙은 그대로 몸으로 전달된다.

단단하다고 생각했던 것들은 어딘가에서 부서졌다. 삶의 형태가 바뀐 후 나는 내 감정의 끝이 어디인지 알 수 없었다. 흔들리지 말아야 될 것까지 출렁였다. 그 이후에는 견딜 수 없는 자책이 따라왔다.

조금씩 브레이크를 밟을 때가 온 것 같다. 매달 통장으로 들어오던 수입이 끊어진 지 두어 달. 실직 기간이 길어지면서 마켓에서 상품을 고르는 시간도 길어졌다. 딸기 한 팩도 더 싼 것으로 손이 가고 꼭 사야 되는 것인지를 망설인다. 이월상품 가판대를 기웃거리며 만 원짜리 후드티를 뒤적거린다. 앞으로는 지금 옷장에 들어 있는 옷보다 더 저렴한 옷들이 들어차게 될 것이다. 과일을 살 때에도 다른 물건을 살 때에도 심사숙고 끝에 구입을 하게 될 것이

3부 삶의 깊은 맛

다.

뭐, 그래도 괜찮다. 적은 돈으로도 살 수 있는 예쁜 옷들은 얼마든지 있고 굶어 죽으라는 법은 없으니까. 조금씩 브레이크를 밟으면 무게 중심이 흔들리거나 임계점까지 다다르지는 않을 것이다.

내리막길이어도 괜찮다. 길은 아직 끝나지 않았으니까. 길이 끝나는 지점에서 돌아봤을 때 중심을 잃지 않고 나를 놓는 일 없이 길을 잘 걸었다면 그것으로 된 것이 아닐는지.

경로이탈

길을 잘못 들었다. '경로를 이탈하여 재탐색 중입니다.' 뒤늦게 알아챈 내비게이션이 인심 쓰듯 새로운 경로를 안내한다고 한다. 안타까운가 보다.

살면서는 크게 경로이탈을 하지 않았다. 신호위반도 하지 않고 규정 속도로 주행했다. 아이를 키우고 밥을 짓고 촌수만큼 친족들과 관계를 유지하고 더러는 내 이름을 지우면서 앞만 보았다. 솔직히 말하자면 경로를 이탈하지 않은 것이 아니라 하지 못했다는 것이 더 확실하다. 떠밀리듯 코앞에 놓인 일상, 내 몸에 채워진 이름값 하느라 곁눈질할 겨를이 없었으니까.

그래서 솔깃한지 모른다. 경로이탈이란 말을 들을 때마다 얼마나 가슴이 두근거리는지. 가보지 않은 곳으로 발 한쪽 슬쩍 들이밀고 싶다. 가지 말라고 할수록.

그렇게 흔들리며 왔다. 다시 되돌아올 수만 있다면 눈 한 번 질끈

감아보고도 싶었다. 학교를 가다가, 자율학습을 하다가, 출근을 하다가, 아이를 업고 설거지를 하다가 불쑥.

주행 중 경로이탈을 자주한다. 내비게이션이 미덥지 않아서이기도 하지만 일부러 길을 잘못 들 때가 있다. 가야 하지만 내키지 않은 길도 있었기에. 지름길을 놔두고 빙 돌아서 가는 길엔 갈등이 거품처럼 부글거리다 꺼져버렸다. 자칫 엉뚱한 곳으로 핸들을 돌릴까봐 마음을 다잡기도 하던 길. 그러다 목적지에 도착하면 길이 막혀서 그랬다고 핑계를 댔다.

경로이탈이라는 말을 들을 때마다 가슴이 주저앉곤 한다. 진창에 잘못 들어선 것 같아서. 어디가 진창인지 몰라 악몽을 자주 꾸던 나이처럼. 누르면 푸른 물이 비치던 물컹한 시절처럼. 으슥한 골목도 나오곤 했지 아마. 괜찮다 싶어 이력서 내고 발 내디디면 질척이며 다가서던 상사들도 있었다. 여기는 아니라고 고개 저으며 나오던 길도 그 나이쯤에 있었다.

들어섰다가 나온 길. 강의 지류처럼 가느다란 실핏줄이 큰 줄기로부터 나왔다가 스르르 사라지곤 했다. 지레 겁먹고 내뺐던 일도 있었다. 덜 익은 자두처럼 깨물면 입 안 가득 떫은 내를 풍기던 스물의 언저리가 그랬다.

승희. 같은 학과 동기인 우리는 죽이 잘 맞는 친구였다. 말도 덤벙덤벙 잘하고 웃긴 말도 곧잘 해서 복도 구석에서 키득대며 웃는 일도 많았다. 학생회관의 저렴한 학식을 같이 먹기도 하고 시험보기 전에는 서로의 노트를 교환하며 공부했다. 커닝 페이퍼를 작성하기도 했는데 막상 시험을 치르면 무용지물이 되기 일쑤였다. 새

침하고 예민한 여자 친구와 달리 털털하고 너그러운 남자 친구가 더 편했다. 영화를 보기 전까지는.

어느 날 그 애가 주말에 따로 만나 영화를 보자고 했다. 그날 영화를 보러 가지만 않았어도, 어두운 골목길 담에 나를 세우고 두 팔로 가두지만 않았어도, 그리고 키스를 하려고 하지만 않았어도 그 앤 나와 아주 좋은 친구로 남았을지 모른다.

풋풋한 우정이 일방적인 애정으로 변질된 것이 속상했을까. 완력으로 여자를 제압하는 것이 남자의 박력이 아니라는 것을 보여주고 싶은 오기였는지 모른다. 하지만 가장 큰 이유는 그 애를 좋아할 것 같아 겁이 나서였다.

그 애와의 연락을 끊었다. 참 괜찮은 애였는데. 웃는 모습이 환했었는데. 그날 본 영화 제목이 무엇이었는지도 다 잊어버렸다. 그런데 그 애가 그 큰 팔로 나를 가두던 일만큼은 아직도 또렷하다. 그 애가 입었던 카키색 점퍼도, 심각하게 나를 바라보던 그 얼굴도.

참 이상하다. 어떤 감정은 시간이 한참 지나서 되짚어 볼 때 확실해진다. 그 애를 좋아했다는 것을 왜 이제야 깨닫는 것일까. 왜 이제야 마음이 시큰거릴까. 이십 년도 훨씬 더 지난 지금.

그때 경로를 바꿨다면 어땠을까. 지금과는 다른 무늬로 짜여가고 있겠지. 어쩌면 수필을 안 썼을지도 모르지. 사는 것은 무수한 선택을 하는 과정이기에 그 선택에 따라 각도도 틀어지겠지. 혹 모르지. 승희는 내가 걸어왔던 길 중의 한 지류였을지도. 그냥 점 하나로 남았을 수도 있다. 하긴 이루어지지 않은 역사에 대해 어떤 가설을 들이댄들 무슨 소용이란 말인가. 현재는 이렇게 떡 버티고 앉아 있는데.

사실 말이지 경로이탈은 거대한 말이 아닐 수 없다. 이탈이라니. 아득한 낭떠러지로 떠다미는 듯 무시무시하다. 그 말을 들을 때마다 탈주범이 된 기분이다. 머릿속으로만 탈주를 꿈꾸던 내 팔목에 수갑을 채우듯 철커덩 하고 내리치는 말. 관습에 맞추지 않으면 낙인을 찍듯 주홍글씨를 달게 하는 말. 길은 얼마든지 많은데.

어마어마한 말을 수시로 들이대는 내비게이션. 분명 나를 감시하는 것이 틀림없다. 혹여 딴 맘을 먹지 않게 미연에 방지하려고 을러대는 것은 아닌지 싶다. 행여 목적지를 바꾸기라도 할까봐 자꾸 찔러보는 것 같다.

200개의 스푼

삶의 감칠맛

— 무르고 터진 토마토 같은 날에는

뒤를 말한다면

뒤. 공간적으로 향하고 있는 방향에서 반대되는 쪽이나 곳. 그늘 지고 뭔가 불안하다. 보이지 않는 쪽에 위치해 있어서 그런가. 보이지 않으면 신뢰할 수 없어서인가.

뒤는 허를 찔리기 쉽다. 아는 사람이 치는 뒤통수는 기가 막히고 불쌍한 사람 등을 치면 파렴치한이다. 방심하다가 뒤꿈치를 물리기도 한다. 먹고 난 뒤, 놀고 난 뒤, 사랑한 뒤, 일을 본 뒤에도 항상 깔끔할 것. 그래야 뒤탈이 없다. 사건은 언제나 뒤에 생기고 사고도 뒤에서 나기 때문이다. 교실에서 말썽을 일으키는 축들은 늘 맨 뒷줄에 포진해 있다.

뒤끝이 좋아야 관계가 원만하다. 의견이 안 맞아 언쟁을 높였을지라도 화해할 때는 앙금이 남지 않아야 한다. 털어내지 못하고 있다가 부지불식간에 꼬챙이처럼 튀어나온 감정이 상대의 심장을 찌르기도 하니까.

4부 삶의 감칠맛

맛있는 후식 중의 하나가 뒷담화다. 입 하나로 손쉽게 타인을 음해할 수 있으며 뒤에서 해야 효과적이다. 씹는 맛이 좋아서 씹을수록 중독에 빠지고 말이 많은 사람들이 즐겨 찾는 안주다. 저렴하고 질이 낮아 오래 씹다 보면 입맛이 쓰고 가끔 탈이 나는 단점도 있다. 맞장구를 쳐주는 사람이 있어야 조건이 충족된다.

일명 '빽(background)' 있는 사람은 낙하산으로 입사한다. 부패한 관리는 정당하지 않은 뒷거래를 해서 뒤가 구리다. 나쁜 짓은 결국 뒷덜미를 잡히기 마련, 연루된 자들의 배후는 책임지지 않으려 뒷짐을 진다. 분노가 치민 국민은 뒷골이 당긴다. 이로 인한 뒤치다꺼리는 골치 아프고 뒤로 밀려나지 않으려면 뒷마무리를 확실히 해놓아야 한다.

뒷이야기는 흥미롭다. 숨겨진 이야기는 들춰봐야 속이 시원하다. 정사보다 야사가 솔깃하고 그럴듯한 법. 표면보다 감춰진 이면이 진실이라고 믿는 아이러니도 생긴다. 사람들은 보고 싶은 곳을 주시하고 믿고 싶은 쪽으로 기울기 때문이다. 문제가 생긴다면 '야사(野史)니까' 하며 꼬리를 내린다.

뒤에도 힘이 있다. 뒷심은 막판까지 끌고 가는 힘이다. 운동경기에서도 이것은 중요하다. 전반부에서 잘했다 하더라도 후반부에서 득점하지 않으면 이길 수 없다. 가끔 후반부에서 뒤집어지고 승패가 나뉘는 경기도 있다. 이 후반부를 장악하는 힘이 뒷심이다.

뒷심이 없어서 용두사미로 끝나는 일도 많다. 처음엔 의욕이 앞서고 굉장한 성과와 파급효과가 있으리라고 생각했던 일들이 유야무야 끝난다. 개인의 일이야 개인으로 끝나지만 국가나 단체에서 하는 일이 용두사미라면 치명적인 결과를 초래한다. 말도 되지 않는 거창한 사업으로 삽질을 했지만 그 결과는 고스란히 국민의 몫으로 남은 일은 굳이 말할 필요도 없겠다.

강물이 흘러가는 것은 상류에서 미는 힘 때문이다. 뒤에서 밀어주는 힘으로 바다까지 간다. 뒷심을 발휘해 누군가 빛이 난다면 그 뒤에는 보이지 않는 무명이 단단히 받쳐주었기 때문이다. 백댄서, 들러리, 조연, 수비수, 가족처럼 보이지 않은 뒷받침이 있기에 주인공이, 주연이, 영웅이 빛날 수 있다.

대만 고궁 박물관에서 본 상아 공예가 기억에 남는다. 쌀알만 한 크기에 조각된 작품을 보려면 확대경으로 봐야 할 만큼 아름답고 뛰어난 예술품이었다. 그런데 정교하고 세밀한 조각을 10년 하다 보면 조각가는 눈이 먼다고 한다. 상아 공예뿐 아니라 입이 벌어지는 아름답고 훌륭한 그들의 문화재 뒤에는 수많은 예술가의 파리 같은 목숨이 숨어있었다.

역사는 고인돌을 옮기거나 만리장성 축조에 끌려간 수많은 피지배계급을 조명하지 않는다. 그러나 수많은 무명의 '뒤'가 있기에 문화가 창조되고 문명이 발전한다. 탁월한 선수 뒤에는 뛰어난 코치가, 훌륭한 예술가 뒤에는 안목 있는 후원자가 존재한다. 골목대장도 따르는 꼬맹이들이 있어야 으스댈 수 있고 국민이 있어야 대통령도 권위가 생기고 국가가 존재한다. 뒤라고 기죽지 말 일이다. 세상의 모든 '뒤'여 파이팅!

재능과 외모의 역학관계

유명한 트로트 가수의 현재 사진과 데뷔하기 전의 사진을 본 적이 있다. 무명과 유명 사이 커다란 반전이 눈에 들어왔다. 들판에서 뛰놀던 까만 얼굴에 까만 곱슬머리, 장난기가 듬뿍 들은 개구쟁이의 얼굴은 갈색 머리에 뽀얀 미소년으로 바뀌었다. 없던 보조개까지 볼 가운데 들여놓아 세련되고 예쁘장한 얼굴이 되었다.

누구나 알듯 성형의 대가는 마이클 잭슨이다. 최고의 반열에 오른 흑인 가수였다. 전설이었던 그를 능가할만한 가수는 아직 나타나지 않은 듯하다. 그러나 성형 중독이라 할 만큼 여러 번의 성형으로 흑인에서 백인으로 모습을 바꾸었다. 살아있을 때나 죽은 이후나 어느 누구도 흑인이라고 등 돌리지 않는데도 말이다.

그는 잭슨 일가의 일원으로 전형적인 흑인의 외형을 지녔다. 넓은 코와 큰 입, 보글거리는 까만 머리칼로 어릴 적부터 재능을 보인 그는 아담한 체구에 귀여운 외모의 소유자였다. 그랬던 그는 뾰

　　　　　　　　　　　　　　　　　　　　　　200개의 스푼

족한 코와 갸름한 턱선의 하얀 얼굴로 아예 종을 바꾸었다.

그는 왜 백인의 외형을 쫓았을까? 전 세계인으로부터 국가원수보다 더 극진한 사랑을 받았던 인물이 피부색의 콤플렉스에서 헤어 나오지 못했다는 것은 몹시 안타까운 일이 아닐 수 없다. 수술 부작용으로 햇볕에 피부를 노출시키지 않기 위해 늘 까만 우산을 쓰고 다녔다는데 성에 차지 않았는지 죽기 전까지 그의 얼굴은 계속 변했다. 그 정도면 본인 자신도 일상생활이 엄청 힘들었을 텐데 콤플렉스라고 하기엔 거의 정신병에 가깝다고 볼 수 있다.

사실 마이클 잭슨은 아버지에 대한 트라우마가 있었다고 한다. 일찌감치 재능을 알아본 그의 아버지는 그를 스타로 키웠지만 그 과정에서 마이클 잭슨은 외롭고 불행한 어린 시절을 보냈다. 주변에는 그의 재능을 이용하려는 사람들만 있었던 것 같다.

아버지에 대한 그의 증오는 유언장에서도 드러난다. 2002년 작성된 유언장에는 어머니 캐서린에게 40%, 세 자녀에게 40%, 자선기관에 20% 남긴다고 했다. 그의 아버지 조 잭슨에 관해서는 아무런 언급이 없었다. 그의 삶에 아버지의 존재는 커다란 그림자였던 것 같다. 아버지의 존재를 인정하고 싶지 않은 마음이 자신의 본질까지도 지워버리고 싶게 만들었는지도 모른다.

그러나 병적인 성형의 이면을 단순히 트라우마와 콤플렉스라고 단정 지을 수는 없다고 본다. 그것만 가지고는 그의 백인에 대한 선망을 뭐라고 결론짓기는 어렵다. 하얀 얼굴, 각진 광대뼈, 날카로운 턱선은 그가 흑인이라는 생각을 들 수 없게 만든다. 더구나 백인 여자와의 결혼과 이혼의 반복, 백인으로 보이는 그의 세 자녀

들을 본다면 그는 백인에 가까운 삶을 지향했고 백인으로 살아가고자 했다고 볼 수 있다.

막강한 영향력을 지닌 그가 굳이 백인이어야 할 이유가 있었을까. 어떤 국가원수도 그와 같은 명예와 대우와 관심을 가질 수는 없었다. 모든 것을 다 가진 사람이 피부색이 무슨 중요한 것이라고 콤플렉스에 사로잡혀 백인의 형상으로 바꾼 이유가 무엇일까.

핵심은 그가 모든 것을 다 가졌다는 것에 있다. 재산, 명예, 권력, 영향력, 인기 모든 것을 다 가졌지만 딱 한 가지 그가 갖지 못한 것이 있었다. 피부색이었다. 백인의 외형을 향한 그의 집착은 모든 것을 가졌기에 충족되지 않는 한 가지 때문이었다. 99퍼센트는 채우지 못한 1퍼센트가 간절한 법이다.

그런데 참 재미있는 아이러니가 있다. 그것은 그가 그렇게 벗어버리고 싶던 흑인의 유전자가 그에게 긍정적으로 작용했다는 점이다. 사실 그의 음악적인 재능은 그가 흑인이었기 때문에 가능했다. 백인에게서는 얻기 힘든 흑인 특유의 음악적인 재능과 몸의 리듬감을 타고났다. 우리 동양인으로서는 죽었다 깨어나도 갖추기 힘든 흑인들 특유의 음악적 감성 말이다.

마이클 잭슨은 빠른 음악에 맞춰 춤을 추고 노래를 불렀다. 노래를 부르면서 춤을 추는 것은 매우 힘든 일이다. 눈의 착각을 불러일으킬 만큼 현란하고 절도 있는 몸동작과 빠른 속도의 노래를 병행하는 것을 보면 거의 동물적인 본능에서 나온다고밖에 볼 수 없다.

보통 백인 가수들은 흑인의 감성을 따라잡기 힘들다. 흑인들의 몸속에 내재된 리듬감과 목소리의 깊이감은 쉽게 터득할 수 없다고 한다. 어떤 사람들은 그것을 흑인의 영혼이라고까지 한다. 가수 아델이 많은 인기를 누리는 것은 그녀가 지닌 음역대가 넓고 호소력이 짙어서이다. 백인이 갖기 힘든 재능이기에 그녀의 존재는 더 빛이 난다. 엘비스 프레슬리가 인정받았던 것도 백인의 얼굴로 흑인의 소울을 가졌기에 가능했다.

어쩌면 흑인이라는 약점이 긍정적으로 작용한 것일 수도 있다. 흑인이라는 열등의식이 그를 세계적인 스타로 만들게 한 원동력일 수도 있다. 결국 그는 그토록 미워하는 아버지가 있었기에 가수가 되었고 흑인이었기 때문에 음악적 유전자를 지니고 재능을 펼칠 수 있었다.

마이클 잭슨은 오히려 흑인이라는 것을 자랑스러워해야 했다. 그러나 미국의 상위 계층에서 흑인이라는 피부색은 그리 좋은 환대를 받지 못했던가보다. 세계적인 스타도 인종의 장벽을 넘지 못했으니 말이다. 그가 갖지 못한 피부색은 평생 그를 옭아맸을 것이다. 안타까운 일이다. 흑인보다 더 차별받는 아시아인의 입장에서 보더라도 무서운 진실이 아닐 수 없다.

먼지가 되어있을 그는 지금쯤 콤플렉스에서 벗어났을까. 그는 불행했지만 역으로 행복한 사람임에는 틀림없다. 그의 외모가 괴물처럼 변하는 동안에도 사람들은 열렬하고 꾸준하게 그를 사랑했고 그의 사후에도 그를 기리고 추억하고 있기 때문이다. 그의 음악을, 그의 목소리를, 그가 가진 음악적 역량을 높이 평가하고 그가 부른 노래를 향유하고 있으니까.

4부 삶의 감칠맛

재능과 외모의 관계를 어떻게 보아야 할까. 마이클 잭슨의 경우처럼 대중은 재능과 외모를 왜 세트로 볼 수밖에 없는 것일까. 인간의 이기적인 눈이 우리의 취향에 편견을 제공한다고밖에 볼 수 없는 결론이다. 만약 재능을 능가하는 외모와 외모를 능가하는 재능 중 한 가지만 선택해야 한다면 과연 우리는 무엇을 선택할까.

200개의 스푼

홍콩의 일기예보

　일이 있어 홍콩에 갔다. 시위가 한창이던 시기, 나를 마중 나온 것은 홍콩의 탁한 공기였다. 마카오에서 이틀을 묵은 후 HZM 버스를 타고 강주아오대교를 건너서 내린 곳. 한 발 내딛는 걸음에도 먼지가 묻어날 것 같은 희뿌연 대기가 나를 반겼다.

　홍콩에서의 첫날, 시계탑 아래에서 바라본 밤의 풍경은 인상적이었다. 바토 무슈를 타던 파리의 센강이 생각났다. 센강의 풍경이 오래된 시간에서 풍기는 고전적인 매력을 갖고 있다면 스타의 거리에서 본 야경은 현란하게 내뿜는 거대 자본이었다. 밤바다를 아름답게 만드는 힘. 그것은 역사도, 자부심도 아닌 오직 자본의 논리였다.

　파나소닉(panasonic), 엘지(LG). 홍보 경연이라도 하듯 번들거리는 유명한 기업들의 이름표. 마치 거대 기업들은 휴일의 밤에도 잠을 자지 않는다고 말하는 듯, 홍콩이 그런 국제적인 도시라고 말하

　　　　　　　　　　　　　　4부 삶의 감칠맛

는 듯했다. 목을 칼칼하게 만드는 공기도 잊어버리고 화려한 레이저 쇼에 빠져들었다. 카니발의 마지막 피날레를 보는 기분이었다.

다음날은 윙타이신(黃大仙) 사원에 가려고 지하철을 탔다. 출근 시간이 훨씬 지났는데도 만원이었다. 몇 번의 에스컬레이터를 거쳐 전철을 갈아타고 윙타이신역에서 내렸다. 사원은 철문을 단단히 닫아걸고 있었다. 심상치 않은 공기가 흐르고 검은 옷을 입은 사람들이 있었다. 검은 마스크, 검은 모자를 착용한 그들은 맨손인 사람도, 쇠파이프를 든 사람도 있었다. 조여드는 불안감에 쇼핑몰 안으로 들어가 창밖의 상황을 보았다.

도로는 어느새 움직임이 멈춰 있었다. 뜯겨진 보도블록이 도로에 쌓이고 꼼짝 못하는 버스엔 사람들이 한 명도 없었다. 역 앞은 급하게 뛰는 소리와 거친 광둥어가 뒤엉켰다. 하얀 경찰차와 형광조끼에 카메라를 든 기자들이 모여들었다. 언제라도 쏠 수 있도록 긴 총을 들고 있는 경찰이 보였다. 바닥에는 시위대로 보이는 사람이 누워 고통을 호소하고 있었다. 얼마 후 구급차가 왔고 도로는 다시 차가 다니기 시작했다.

호텔로 가는 버스노선과 지하철은 폐쇄되었다. 택시와 배를 갈아타며 가까운 거리를 멀리 돌아서 호텔에 도착했다. 시위대보다 경찰이 더 무서웠다. 사람들은 안 올지도 모르는 버스를 기다렸다. 그들의 얼굴은 탁했다. 홍콩의 앞날도 그곳의 공기처럼 불투명하게 보였다.

호텔은 하버뷰라는 단어가 붙은 곳이었다. 창문을 열면 바다보다는 바로 앞 아파트의 내부가 더 잘 보이는 비좁은 호텔에서 암울한 홍콩의 미래를 염려했다. 하버뷰(harbor view)가 아니라 프라이버시 뷰(privacy view)라고 해야 더 잘 어울릴 것 같은 호텔에 대한 염려도 빠뜨리지 않았다.

나는 다시 귀국했다. 아침이면 커피를 내리고 낮에는 동네 슈퍼마켓에서 우유와 콩나물을 산다. 저녁이면 산책을 하며 공원을 활보한다. 이곳에서 나는 안전하다. 흔들리지 않는 일상을 밟고 있다는 것이 얼마나 운이 좋은 것인지!

얼굴도, 이름도 모르는 사람들에게 감사하다. 내가 디디고 선 평화, 내가 누리는 민주적인 세상이 있기까지 얼마나 많은 사람들의 피가 필요했을까. 얼마나 많은 사람들이 군홧발과 몽둥이에 쓰러졌을까. 그렇게 피와 바꾼 민주화. 지금 홍콩이 그 길을 가고 있다. 중국을 상대로.

당장이라도 먹구름이 밀려와 덮어버릴 것 같은 아슬아슬한 홍콩. 그러나 낙담하기는 이르다. 버터필드는 역사적 사건들의 성격에는 아무도 의도하지 않았던 방향으로 역사를 틀어버리는 무엇인가가 존재한다고 했다.

홍콩의 일기예보를 내 맘대로 해본다. '오늘 중국의 개입으로 먹장구름이 몰려와 어둡겠습니다. 시위대의 게릴라식 저항으로 공기도 탁하겠는데요. 이에 따라 증시도 기온이 급락하겠습니다. 하지만 내일은 민주화 바람이 밀려와 비구름을 밀어내고 대기도 맑을 것입니다.' 라고.

쌀쌀한 바람이 상쾌하다. 내 나라의 공기가 참 좋다.

4부 삶의 감칠맛

나를 따라다닌 고양이

산책을 했다. 하늘은 파랗고 바람은 찼다. 붓꽃 싹이 귀를 쫑긋거리며 물가에 모여 있었다. 새는 봄을 물고 가지를 날아다녔다. 웅덩이에 하늘이 담겨 있었다. 바람이 불자 하늘이 흔들렸다. 바람의 방향으로 쓸려갔다가 쓸려왔다. 윤슬이 반사되었다. 눈을 가늘게 떴다. 화려한 날이었다.

고양이가 물가에 죽어 있었다. 봄빛을 닮은 털. 목에는 분홍 리본이 매어 있었다. 목걸이가 있으면 집에서 키우는 고양이라는 말을 들은 적이 있었다. 누군가가 아끼는 고양이였겠지 싶어 가슴이 내려앉았다.

고양이는 옆으로 누워 있었다. 모로 누워 잠을 자는 듯 고요했다. 하얀 네 발 가지런히 한쪽으로 모았다. 머리도 그쪽으로.

한때 내 발도 한쪽으로만 향했던 날이 있었다. 버석한 뒤꿈치 들키고 싶지 않은 날들이었다. 갈라지고 파인 날들. 자고 일어나면 똑같은 일과가 기다리고 있었고 바꿀 수 없는 현실은 틈을 내주지 않았다. 뒤꿈치는 아무도 보지 않아서 다행이었다.

웅덩이에서 따라 왔을까. 하루 종일 죽은 고양이가 발끝에 따라붙었다. 쌀을 씻어 안칠 때에도, 밥을 먹을 때에도. 책을 펼치면 책 속에 누워 있었다. 분홍 리본을 두르고 네 발 가지런히 모으고.

강아지처럼 며칠 따라 다닌 말이 있었다. 누군가 했던 애매한 말. 물어뜯기도 하고 짖기도 하는 말.

다음날은 동네를 산책했다. 날이 좀 쌀쌀했다. 웅덩이로 가는 길 쪽으로 전단지가 붙어 있었다. 고양이를 찾는 전단지였다. 전에 고양이를 키우던 사람이 이렇게 말했다. 고양이는 제멋대로 나갔다가 제멋대로 돌아오는 법이지. 그 말에 대하여 나는 '사람은 제멋대로 생각하고 제멋대로 해석해 버리지'라고 생각하곤 했다.

내가 아는 고양이는 싫어지면 바로 나가버리는 정 없는 동물이었다. 싫어지면 언제든 떠날 수 있는, 미련을 두지 않는 습성이 묘하게 마음에 들기도 했다. 부럽기도 했다.

바람이 차서 일찍 산책을 마쳤다. 고양이는 계속 나를 따라다녔다. 침대까지 따라와 머리말에 누웠다. 발톱으로 베개를 긁어 놓았는지 꿈까지 쫓아왔다. 분홍 리본을 한 노랑 고양이가 물가로 비칠비칠 가는 꿈을 꾸었다.

고양이처럼 발톱으로 긁는 말이 있었다. 여기저기 상처를 내는 말. 보이지도, 만질 수도 없는 말. 나를 할퀴는 말.

이틀 후에도 동네를 산책했다. 전단지가 붙은 나무를 지나다 다시 돌아와 자세히 살펴보았다. 분홍 리본을 두른 노란 고양이가 사진 속에서 나를 쳐다보았다. 그때서야 나를 따라다닌 고양이가 생각났다. '나 여기 있어'라고 말하는 듯했다.

왜 미처 그 생각을 못했을까. 가슴이 두근거렸다. 나를 따라다닌 것이 이것 때문이었던 것 같았다. 물가로 뛰었다. 처음 본 그대로였다. 파란 하늘이 내려앉은 물가. 봄빛을 닮은 노란 고양이. 분홍 리본을 맨 채로 한쪽으로 모은 하얀 네 발.

고양이 주인은 사례를 하고 싶다고 했다. 거절했다. 주인은 얼마나 애통할까 싶었다. 이름이 '랑이'라고 했다. 울음이 밴 목소리로 고양이를 키우는지 내게 물었다. 아니라고 했다. 고양이든 강아지든 생명이 있는 것에 대하여 책임을 지고 싶지 않다고. 누군가의 생에 내 의지가 관여하는 일은 원치 않는다고. 누군가에 의해 내 의지가 흔들리는 일 또한 원치 않는다고. 그런 내게 '랑이'는 자신의 마지막을 부탁했다. 하필이면 나를.

통화를 마치고 주인은 문자를 보내왔다. 그날이 자신의 생일이었다고. 사체를 수습할 수 있게 해주어 감사하다고. 나는 그녀에게 반려묘의 장례를 생일선물로 준 셈이었다. 내 의지 밖의 슬픈 선행이었다.

'랑이'도 그제야 나를 떠났다. 며칠 따라다니던 말에 대하여 나도 장례를 치러주었다. 실체도 없고 확인도 할 수 없는 말에 대하여 나 혼자 지레짐작했던 일. 그렇지만 아주 아니라고는 할 수 없는 어떤 말에 대하여.

국 끓여 먹을지라도

예식장에 갔다. 예식을 보고 식사도 맛있게 하고 나왔다. 신부와 신랑의 행복한 모습을 보는 것도 좋은데 나올 때 꽃다발까지 안겨준다. 이 무슨 횡재인가 싶다. 요즘 일부 예식장에서는 예식에 쓰인 꽃을 포장까지 해서 하객들에게 나눠준다. 꽃다발을 받아들고 보니 축의금을 더 내고 싶어진다. 기분까지 활짝 핀다.

'꽃을 좋아하세요?'라고 묻는 것보다 '꽃을 싫어하세요?'라고 묻는 것이 더 쉽다. 다들 꽃을 좋아한다. 몇몇의 예외를 뺀다면. 안 좋아하는 사람을 두 사람을 알고 있다. 어떤 플로리스트는 꽃다발 대신 돈으로 달라고 했다. 이해한다. 매일 만지는 것이 꽃이니까.

다른 한 명에게 꽃을 반기지 않는 이유를 물었다.

"배추라면 김치라도 담그지 꽃은 먹을 수도 없잖아."

먹어봤자 배도 안 부르다는 꽃. 그가 식물을 나누는 기준은 먹을 수 있는 풀과 먹을 수 없는 꽃. 두 가지다. 아마도 그의 아내는 평생 장미꽃 한 다발 받아본 적이 없을 것이다.

장미를 좋아한다. 화려하기도 하거니와 여러 품종, 다양한 색을 가졌다. 제각각 다르면서 하나같이 예쁘다. 부드러운 꽃잎의 질감이 좋고 시선을 끄는 크기가 좋고 겹겹으로 쌓인 신비함이 좋다. 게다가 향 또한 매력적이다. 가시가 있어서 성가시기는 하지만 장미가 가진 매력을 가리지는 못한다.

장미나 리시안사스, 라넌큘러스, 다알리아 같은 크고 화려한 꽃이 좋다. 식사라면 메인메뉴이며 영화라면 주연배우다. 누룽지보다는 밥그릇에 하얗게 윤기 흐르는 밥이 좋다. 김밥이라면 꽁지 부분보다 제일 가운데 부분이 좋다. 생선은 가운데 토막을, 고기도 안심을 좋아한다. 옷도 커다란 꽃무늬가 들어간 것을 좋아한다. 프릴이나 레이스가 달린 것, 강렬한 색이면 더 좋다. 하지만 아쉽게도 어울리지 않아서 단색의 심플한 옷을 선택한다.

어떤 사람은 자잘하고 애잔한 꽃을 좋아한다. 안개나 미스티, 스토크, 스타티스 같은 작은 꽃이다. 난을 고를 때에도 가녀린 잎에 하얀색이나 보라색 같은 꽃을 선택한다. 메인을 받쳐주는 역할의 꽃이다. 식사로 치면 에피타이저나 곁요리이고 영화에서는 조연배우다.

이런 꽃을 좋아하는 사람은 옷도 잔잔한 꽃무늬가 들어가거나 튀지 않는 차분한 색상의 옷을 좋아할 것 같다. 메인보다는 디저트를 좋아하고 누룽지나 김밥 꽁지 부분을 좋아하는 사람일 것이다. 고기보다는 채소류를 좋아할 것 같다. 신발도 가방도 무채색의 자연스러운 것을 좋아할 것이다. 분명 소박하고 정이 많을 것 같다. 조용하고 꼼꼼하게 제 할 일 다하면서 세심한 성격을 가진 사람임이 틀림없을 것이다.

물론 꽃으로 성격을 재단한다는 것은 촌스러운 일이다. A,B,O식 혈액형에 따라 성격을 진단하는 것처럼 말이다. 하지만 아주 거리가 멀다고 볼 수는 없다. 어떻든 꽃은 사람을 환하게 하는, 마음을 사는 가장 쉬운 방법 중 하나다. 귀금속이나 명품처럼 돈이 많이 들지 않으면서 상대의 마음을 움직일 수 있으니 경제적이다.

러시아에 갔을 때, 꽃다발을 든 남자들을 심심찮게 보았다. 기차역에서 꽃다발을 들고 시계를 쳐다보던 남자, 길거리에서 신문지에 싼 꽃다발을 들고 가는 남자들이 있었다. 연인에게 줄 꽃다발이었다. 까만 머리의 무표정한 얼굴이 썩 매력적이지 않은 러시아 남자가 꽃을 들고 연인을 기다리는 모습은 의외였다. 멋지게 보였다. 내가 기차에서 내릴 때 꽃다발을 들고 날 기다리는 남자가 있다면, 꽃다발을 내밀며 마음을 건네주는 남자가 있다면 얼마나 가슴이 뛸까. 러시아 남자는 여자의 마음을 진즉에 간파한 것 같다.

꽃을 받는다는 것은 기쁜 일이다. 주는 일도 기쁜 일이다. 올해를 돌아보며 작은 소망 하나 보탠다. 내년에는 꽃을 주는 일도, 받는 일도 많았으면 좋겠다. 너무 많아서 국 끓여 먹을지라도 말이다.

4부 삶의 감칠맛

놀이터

페이스북(face book)에 모란이 피었다. 속치마 같은 하얀 꽃잎이
수술을 가운데 두고 겹겹이 포개졌다. 타임라인을 훑던 눈이 사진
에 꽂힌다. 한군데만 있는 것이 아니다. P씨와 K씨도 J씨의 페이
스북에도 하얀 모란이 있다.

배경과 모델은 동일하나 찍힌 각도가 다르다. 셋이 함께 본 모양
이었다. 모두 자신의 휴대폰에 모란을 담았다가 시간차를 두고 각
자 페이스북에 고이 풀어놓았겠지.

P씨는 서교동의 하얀 모란이라는 제목으로 꽃의 얼굴을 클로즈
업을 했다. 사진 찍는 솜씨가 빼어난 그이의 모란은 화려하다. 그
이는 내가 가지지 못한 기술을 갖고 있는 것이 틀림없다. 시를 쓰
는 솜씨도, 음식을 만드는 솜씨도, 살아가는 솜씨도 감칠맛이 난
다.

K씨는 활짝 핀 것과 시들고 있는 모란을 함께 찍었다. 어쩌자고

길에서 면사포를 쓰고 있냐고 모란에게 묻는다. 역시 시인의 감수
성은 남다른 것인지. 그늘이 깊은 그이의 시를 읽을 때 나는 눈을
감는다. 눈을 감아야 보이는 것들이 있다는 것을 깨닫는다.

　J씨의 모란은 수줍은 듯 꽃잎이 살짝 벌어졌다. 더불어 붉은 모
란 사진도 함께 올렸다. 보기 드문 백모란이 피었다며 홍모란도 함
께 올리고 친절하게 김영랑의 시도 올렸다. 전직 기자답게 페이스
북에 정치나 이슈에 대한 생각을 장문으로 브리핑하는 그는 사람
좋다는 평을 듣는다. 상대를 편하게 하는 매력을 가졌다.

　그들이 풀어놓은 모란. 동일 모델, 같은 배경이지만 해석은 사진
사마다 제각각. 취향에 따라 관점도 다르고 느낌도 다르다. 심지어
지칭하는 말도 백모란, 흰 모란, 하얀 모란처럼 다 다르다.

　소셜 네트워크 서비스의 묘미가 이런 점이 아닐까. SNS는 공감
을 주로 이끌어 내는 곳이다. 어떤 화제에 대해 공감하고 응원하고
축하해주는 것이 주기능이다. 하지만 사람마다 생각의 차이가 있
다는 것을 확인하는 곳도 이곳이다. 동일 현상을 다르게 해석한다.
개인적 성향이 얼마나 다양한 스펙트럼으로 존재하는지 보여준다.
마치 나이도 다르고 몸집도 다르고 성별도 다른 아이들이 뛰노는
놀이터처럼 말이다.

　온라인 놀이터에도 골목대장처럼 인기 많은 사람이 있다. 목소리
가 커서 따르는 팔로어도 많아 영향력을 무시하지 못한다. 친한 사
람들끼리 토닥거리며 노는 부류도 있다. 동아리모임의 성격으로
친구 수는 좀 폐쇄적이다. 정보나 소소한 이야기를 공유하며 친분
을 유지한다. 나 홀로 독립군도 있다. 친구 수가 적으며 가끔 존재

감을 드러내기도 하지만 머무는 시간이 적다.

그런데 노는 것을 보면 다 제각각이다. 한 가지 사안에 대해 무조건 동감하는 부류가 있는가 하면 다르게 생각하는 경우도 있다. 사진 한 장을 올려도 반응은 다 다르듯 직접 몸을 부대끼고 놀 때보다 더 소상하게 성격이 드러난다. 그래서 자칫하면 상대를 물거나 또는 물리는 수도 있다. 이럴 때 SNS는 정글이다. 특히 정치적인 이빨을 드러낼 때 더욱 그렇다.

SNS는 그 사람의 성향이나 실력이 드러난다. 출신이나 졸업장이 그리 중요하지 않다. 유명한 대학 교수라고 하더라도 그가 올린 글은 여러 사람이 읽기 때문에 그의 성향과 실력이 분석된다. 이 점이 신문이나 방송과 다르다. 일반 독자는 논설 필자의 주장을 볼 수는 있으나 거기에 대한 의견이나 피드백은 할 수 없다. 반면, SNS는 그 주장에 대한 다른 사람의 의견도 보게 된다. 일방적 주장은 통할 수가 없다. 민주적이고 직접적인 소통방식이라는 점에서 본다면 매력적이다.

요한 하위징아는 인간을 호모루덴스로 정의하였다. 놀이의 인간, 유희의 인간인 우리는 놀이를 통해 사회성을 익히며 성장한다. 놀이를 통해 정신적인 창조활동과 문화를 만들어 나간다. 이제 사람들은 온라인상에서도 놀이를 창조하며 문화를 만든다. SNS는 비교적 최근에 발명된 놀이터지만 기존의 놀이와는 전혀 다른 성격의 놀이를 하는 곳이 되었다.

스피커

 누군가 잠의 귀를 헤집는다. 사투리를 쓰는 중장년의 남자 목소리가 스피커에서 뿜어져 나온다. 이장님이다. 쓰레기를 불법으로 투기하면 안 된다고 했던가. 비료인지 거름인지 받아가라고 한 것 같기도 하다. 사투리도 알아듣기 힘든데 골짜기마다 메아리까지 울려 무슨 말인지 도통 알 수가 없다. 비료, 쓰레기, 거름 같은 몇 가지 단어만 온전히 귓전에 남겨지고 나머지는 흐물흐물 풀어진다. 조사도 간데없고 종결어미도 뭉그러지며 이장의 방송이 끝났다.

 끝나는가 싶어 다시 잠의 끄트머리를 잡았다. 그런데 이번엔 옆 마을 이장의 목소리가 들린다.

 "아아. 7월 15일 목요일입니다. 오늘은……"

 이 마을과 저 마을의 경계에 있으니 옆 마을 방송까지 다 들린다. 집이 두 마을의 청취권역 안에 있나보다. 며칠 시달리다보니 이젠 자동으로 기상 시간이 6시가 되었다. 애써 알람을 맞출 필요도 없어졌다. 알람도 이렇게 확실한 알람이 없다. 베개를 끌어당겨 두 귀를 막아보지만 밝아오는 창문 너머로 잠이 달아난 뒤다.

시골로 전입 신고한 다음날부터 새벽 방송이 들리기 시작했다. 아마도 스피커를 집 앞 어딘가에 달아놓은 모양이다. 그 전까지는 잘 안 들리던 방송인데 전입 신고를 마치자마자 바로 방송이 들렸다.

저 스피커의 입을 틀어막을 수 없을까. 새벽 6시. 덜 깬 잠의 정수리로 짜증이 밀려온다. 저 방송은 오전 6시에 모든 사람이 잠에서 깨어 있으리라는 가정에서 나온 발상이리라. 그 전제에 대해 나는 절대로 동의할 수 없다. 저당잡힌 새벽 수면권을 보장받으려면 무슨 수라도 써야 한다. 찾아내서 목을 비틀든 못 찾으면 귀를 랩으로 싸매든

로마에 살면 로마법을 따라야 한다고 했다. 시골에 살려면 그러려니 하면서 나서지도 말고. 그런데 이 새벽 방송은 참기 힘들다. 베개 속으로 머리를 파묻어도 귓속으로 치고 들어오는 것은 어쩌지 못한다. 좀체 익숙해지지 않는다.

메가폰이라고도 하며 소리를 증폭시키는 이것은 소리의 증폭이라는 고유의 기능보다는 권위와 통제의 기능이 강했던 것 같다. 나팔 모양의 빨간 확성기 사진만 보아도 긴장이 되는 걸 보면 말이다.

초등학교나 중학교의 단체 운동에서 빼놓을 수 없는 확성기. 운동회를 앞두고 연습했던 매스게임을 이끄는 것도 이것이었다. 선

생님은 그 빨간 확성기 하나로 백 명이 넘는 학생들을 지휘하고 통제했다. 학생들은 확성기에서 나오는 구령에 따라 뛰고 모이고 흩어졌다. 우리를 복종하게 만드는 전지전능한 도구였다.

또 하나, 확성기는 아날로그를 끝내는 시대의 방점이었다. 한적한 골목을 울려대는 확성기 소리는 분명 아날로그의 진수가 아니었나싶다. '개 팔아요' 라든가 '싱싱한 생선이 왔어요' 같은 소리들이 골목으로 들어와 대문을 기웃거렸다. 이제 아파트에 사는 사람들은 이 소리를 들을 수 없다. 간간이 주택가나 개발에서 제외된 오래되고 허름한 동네에서나 들을까 말까 한다.

딸에게 생일 선물로 스피커를 사주었다. B사의 직사각 모양의 제품이다. 휴대하기 편하고 소리도 좋아 딸이 기뻐했다. 젊은 세대들이 여행하면서 스피커를 가지고 다니는 것을 종종 보았다. 2000년 이전의 확성기가 집단의 이익을 위하거나 통제하는 기능을 주로 했다면 요즘의 스피커는 개인의 취향을 극대화하는 도구로 바뀌었다.

그런데 여기는 뭐랄까 2000년 이전 같은 느낌이다. 이장의 정보가 요긴한 시골은 아직도 확성기가 중요한 정보 소식통이다. 마을 사람들은 농사에 필요한 비료나 씨앗을 신청하고 받는 일을 이장을 통해서 한다. 집집마다 네모난 스피커가 번듯하게 거실 벽을 차지하고 새벽마다 사람들의 귀를 틀어쥐고 있다. 이장님의 말씀이 진리요 보배요 자다가도 떡이 나오는 빛과 소금이다. 내게는 새벽잠을 설치게 만드는 악의 화신이요 사탄의 후예지만.

각을 맞추다

빨래가 바삭하다. 오랜만에 먼지 없는 투명한 날. 마당에 널어놓은 빨래가 햇빛에 올을 세웠다. 꼬들꼬들 마른 타월이 살갗에 닿는다. 해가 좋은 날 탁탁 털어 널면 속이 시원하고 잘 마른 빨래를 걷으면 뿌듯하다. 수분이 날아간 빨래처럼 마음도 가벼워진다.

빨래를 갠다. 먼저 옷의 상태를 확인한다. 옷장으로 들어가기 전 사전검열이다. 단추가 떨어졌는지, 실밥이 풀렸는지, 솔기가 터졌는지 살핀다. 미처 보지 못한 얼룩을 이때 발견한다. 간혹, 출처를 알 수 없는 얼룩을 조사할 때에는 고도의 추리력이 필요하다. 성분은 무엇이며 언제, 어디서 생겼는지 유추한다. 가끔, 아주 가끔 생각지 못한 단서를 잡기도 한다. 음식물이 아닌 경우에는 더욱 세밀한 역학조사가 들어가겠지.

옷을 갤 때에 중요한 것은 각을 맞추는 일이다. 이 일은 살짝 수학적인 감각이 필요하다. 소매와 소매가 맞닿고 솔기와 솔기가 수

직이 되어야 한다. 솔기와 밑단이 만나는 곳은 90도로 각이 맞아야 한다. 다림질하거나 접어서 옷장에 넣는 일의 반복에서 이 원칙은 중요하다.

각을 맞추기가 쉽지 않은 옷이 있다. 부들부들한 재질의 옷감이다. 속옷이나 블라우스, 셔츠가 대개 이렇게 부드럽다. 관리 또한 까다롭다. 이런 옷들은 한 번 구입했다고 끝난 것이 아니다. 깨끗하게 입는 것은 물론 세탁과 보관도 섬세하게 신경써야 한다.

이런 옷에 대한 관리만큼이나 중요한 것이 상대에 대한 사후관리다. 감정이 섬세한 상대와 각을 맞추려면 가끔은 분위기가 잔잔한 곳에 가야 한다. 색다른 장소에서 맛있는 음식도 먹어주고 일 년에 한두 번 여행을 가면 더 좋다. 전시회나 콘서트에 가서 문화적인 갈증을 해소시키면 더욱 가까운 사이가 된다. 쇼핑은 빼놓을 수 없는 즐거움이다. 이런 문화 소비를 어느 정도 충족시켜 주어야 부드러운 재질을 오래 유지한다.

감정이 섬세한 사람이 다른 사람에 비해 품위 유지비가 더 드는 이유도 그들이 갖고 있는 부드러운 체질 때문이다. 나긋나긋한 부드러움을 지속하려면 그만큼 공이 든다. 그렇지 않으면 금방 거칠어져서 원형을 유지할 수 없다. 실크 블라우스를 세탁기에 돌리면 걸레가 되는 이치다. 예컨대 결혼할 때 야들야들했던 배우자가 뻣뻣하게 되었다면 그건 필시 상대 배우자의 탓일 가능성이 높다. 부드러움을 유지시키는 것은 관심과 정성, 그리고 그것을 실현시킬 약간의 돈이다. 자신의 각을 세우는 것은 그다음이다.

사람과 사람의 각을 맞추는 것. 그것은 어려운 일이다. 각을 맞춘다는 것은 모서리와 모서리가 만나는 일. 하지만 잘 맞춘다면 사는 일이 좀 더 재미있다. 타인의 모서리에 나를 맞추는 것도, 내 모서리에 맞춰 상대를 깎아내는 것도 아니다. 각자의 각을 인정하는 것이 전제조건이다. 거기에서 상대와 나의 공통분모를 찾고 각도를 맞춰 포개지는 것이다.

각을 맞춰 포개질 때 보기 좋다. 양말은 양말끼리, 속옷은 속옷끼리. 자전거를 좋아하는 사람끼리. 시를 좋아하는 사람끼리. 한 종류로 정리된 서랍을 볼 때 보기 좋은 것처럼 나와 동일한 곳을 보는 사람과 어울릴 때 사는 맛이 난다. 개인이 지닌 색은 다르지만 분명 같은 각으로 기울어진 무언가가 있을 테니까. 이것을 찾을 때 사는 것이 좀 더 쫄깃하고 감칠맛이 나지 않을지.

그림자를 따라서

　아직 해가 산을 넘지 않았다. 이른 저녁을 먹고 산책을 나선다. 어떻게 알고 따라붙은 것인지 그림자가 바닥으로 길게 누워 앞장선다. 빛도 못 보고 자란 식물처럼 가늘다. 그림자도 주인을 닮는가. 연하고 긴 목을 바닥에 누이고 가는 팔을 휘두른다. 가는 다리로 나를 앞서거니 뒤서거니 한다. 누가 밀면 금방이라도 저만치 나가 엎어질 것 같다.

　발꿈치 끝을 물고 허물처럼 붙은 나의 동반자. 나를 올려다본다. 나는 그림자를 내려다본다. 눈도 없는 얼굴로 나를 보는 그의 감정은 차가울지 뜨거울지 알 수 없다. 나를 따라다니느라 지쳤을까. 제 맘에 들지 않아 못마땅하지는 않았을까.

　나를 따라다닌 지 꽤 되었다. 휘청거리며 걸음마를 할 때부터였을 것이다. 얇은 발목으로 디딘 지상이 그리 단단하지 않았을 것이다. 어떤 날은 진창을, 어떤 날은 자갈길도 걸으며 그림자의 발목도 두꺼워졌으리라. 가슴을 쓸어내린 일도 있었을 것이다. 잘 넘어지던 나 때문에 바닥으로 곤두박질칠 때마다 그림자도 같이 놀랐을 것이다. 부실한 나를 따라다니느라 간이 쪼그라들다 말다 하였으리라.

어쩌면 나보다 더 나를 속속들이 아는 존재가 아닐까. 나로 말한다면, 한 꺼풀 벗기기만 해도 핏줄이 파랗게 드러나는 얇은 영혼일 것이다. 그림자처럼 한 줌도 안 되는 질량으로 가벼운. 가령 내 삶을 달아본다면 그림자만큼의 근량이 될까 말이다. 조그만 기척에도 화들짝 놀라고 없는 근심 만들어 끙끙대는 나. 그런 나를 믿지 못해 오늘도 따라다니며 기꺼이 내 발에 자신의 목을 내어주는 것은 아닌지.

저녁이 곧 당도할 것 같다. 그림자가 옅어지고 길어지는 것을 보니. 저녁의 붉은 이마를 짚으면 골목이 눈에 들어온다. 노는 아이들 모습이 보일 듯하다. 나도 보인다. 고무줄이며 사방치기를 잘 못해서 깍두기를 했던.

사방치기를 하면 움찔움찔 그림자도 같이 뛰었으리라. 고무줄놀이를 하면 까만 고무줄 사이로 그림자는 잘도 빠져나갔지만 나는 얼마 하지도 못하고 고무줄에 걸려 자리를 내주고 밀려나곤 했다. 그 습관이 몸에 배어버렸는지 커서도 자리를 내주고 밀려날 때가 종종 있다.

그나마 얻은 깍두기도 저녁이면 맥을 못 추고 끝나버렸다. 조금씩 어두워지면 아이들은 골목의 뚫린 대문으로 뿔뿔이 흩어졌다. 그림자도 슬며시 모습을 감추었다.

아이들 놀다가 사라진 고요한 골목. 라스트 카니발의 바이올린 선율처럼 조금은 아쉽고 쓸쓸한 저녁이 발밑부터 슬금슬금 스며들면 어둠을 밟고 집으로 갔다. 따르던 그림자 없이 목 뒤로 스며드는 그 느낌은 서늘하고 축축했다. 그림자를 잃는다는 것은 서늘해지는 것이었다.

그림자를 잃은 사나이를 알고 있다. 아델베르트 폰 샤미소의 소설 『그림자를 판 사나이』의 주인공 슐레밀. 그림자를 팔고 난 후 그림자가 없다는 것은 견디기 힘든 일임을 깨닫고 이내 후회한다. 그는 다시 그림자를 찾고자 하지만 그림자를 사간 남자는 대신 영혼을 달라고 한다. 하지만 그는 영혼을 팔지 않는다. 돈이 나오는 마술주머니도 던져버리고 방랑의 생활을 계속한다.

그림자는 어떤 의미일까. 사람이라면 마땅히 가지고 있어야 하는 것. 마술주머니가 경제적인 것을 상징한다면 그림자는 물질과는 속성이 다른 무엇을 말한다. 그것은 태어날 때부터 가지고 있는 것이 아닐까. 국적이라든가 인종이라든가 신분, 혹은 정신적, 신체적인 장애가 아닐지. 작가는 인간이지만 인간으로서의 대우를 받지 못하게 하는 것에 대해 말하고 싶었던 것 같다. 다수의 구성원이 지닌 그 어떤 것이 없으면 동일한 대우를 받지 못하는 소수에 대하여 말이다.

융은 자아가 제어할 수 없는 무의식의 정신 요소들 중 하나를 그림자(shadow)로 보았다. 그것은 인간의 부정적인 심리이며 동물적 본성을 내포한다. 상황이 좋을 때는 발현되지 않다가 어려운 상황이 되면 영향을 미치려고 한다. 정신분석가 로버트 A 존슨도 『당신

4부 삶의 감칠맛

의 그림자가 울고 있다』에서 그림자를 심리의 어두운 측면이라고
했다.

내가 의식하지 못하는 어두운 그림자는 무엇일까. 내 안에 짐승
처럼 웅크리고 있는 무의식. 유년기부터 사춘기와 청년기를 지나
지금의 삶까지 밑바닥에 차례로 가라앉은 상처와 억압. 그것은 그
림자처럼 지금도 나를 따라다니겠지. 그러다가 어느 날 불쑥 콤플
렉스나 피해의식으로 튀어나올지 모른다. 그러니 마음을 단단히
죄어야겠지. 나오지 못하도록.

어떤 사람의 그림자가 생각난다. 덩치가 큰 사람이었는데 이런
말을 했다. 몸집이 큰 사람은 그가 가진 그림자도 크고 깊다고. 많
은 인구와 영토가 큰 중국도 다민족 통제로 애를 먹고, 세계 경제
를 쥐락펴락하는 미국도 인종차별과 빈부격차가 심하지 않은가.
빛을 많이 받는 만큼 그늘도 그에 못지않겠지.

그런 당연한 말을 왜 했을까. 그 말을 할 때 그는 창밖으로 고개
를 돌렸다. 허공으로 가던 눈빛, 그 너머에 있는 어떤 말을 기다렸
지만 하지 않았다. 말할 수 없는 과거, 혹은 내면의 그늘이 오늘의
그를 만들었을 것이라고 추측했다.

사람마다 그런 그늘이 있겠지. 제 그림자만 한 크기나 혹은 그보
다 더 큰 그늘을 가지고 사는 것이겠지. 나도 내가 질만 한 무게의
그늘을 지고 살아왔으니까. 그 그늘이 있어 오늘도 빛을 받아 그림
자를 밟으며 서 있는 것이겠지. 그러니까 그늘도 아주 나쁜 것만은
아닐 것이다. 빛이 없으면 그림자도 없었을 터이니.

산책을 끝내고 집 앞 골목으로 들어선다. 어둠이 들어선 골목 가

로등에 그림자도 모습을 다시 드러낸다. 색깔과 윤곽이 낮보다 부드럽다.

나의 그림자. 아무런 불평 없이 발에 밟히며 내게 붙어살다가 육체가 사라지면 나와 함께 바닥으로 스미겠지. 여기까지 오느라 애썼다고, 앞으로도 밝고 환한 곳으로 다녀 보자고 허공을 껴안는다. 그림자도 나를 따라 엉거주춤 양팔을 포갠다.

브루스케타

붉게 말랑한 감정과 푸르게 단단한 감정들이 한 박스에 가지런하다. 토마토가 지천인 계절. 보통 한 박스 사면 익은 것과 덜 익은 것으로 섞어서 산다. 그래야 익은 것부터 차례대로 먹을 수 있다. 마지막 몇 개는 물러서 버려야 했던 일을 두어 번 겪은 이후부터다.

피렌체 우피치 미술관 근처였던가? 그 식당이. 트라토리아 정도의 식당이었던 것 같다. 이탈리아는 식당의 종류가 몇 가지로 나뉜다. 고급 식당인 리스토란테가 있고 트라토리아는 그다음 중간 정도의 식당이다. 오스테리바는 동네 식당 정도이고 그 밑에 피자 같은 것을 파는 피자리아가 있다.

미술관을 나올 때쯤 딸들과 나는 기진맥진이었다. 평일이라 미술관 예약을 하지 않아도 될 줄 알았다. 숙소에서 나와 걸어서 미술관까지 갔다. 거기다 한 시간여를 기다리다 입장했고 미술관을 다

돌고 나오니 허기가 몰려왔다. 몇몇 관광객은 거리에서 치아바타 사이에 채소가 들어간 커다란 파니니를 먹었다. 아무리 배고파도 길거리에서 먹는 것은 절대 하고 싶지 않은 우리는 주변에 있는 식당으로 들어갔다. 그때 처음 토마토 브루스케타를 먹었다. 바게트 위에 다진 토마토를 올려먹는 것으로 그리 맛있다고는 생각하지 않았다. 배가 몹시 고파서 맛있고 안 맛있고를 따질 형편이 아니었다.

식당 안은 비좁았지만 손님은 많았다. 메디치가의 한 사람으로 보이는 인물화가 벽에 걸려있는 것이 인상 깊었다. 그림 속 남자가 식당의 사람들을 굽어보고 있었다. 몇백 년 전에도 그렇지만 지금도 여전히 메디치 가문이 피렌체를 먹여 살리고 있었다. 무엇을 시켰는지는 잘 기억나지 않는다. 아마 브루스케타와 파스타를 시킨 것 같다. 파스타는 그럭저럭 맛있었다. 사실 이탈리아 어느 식당이든 피자와 파스타가 특별히 맛없는 곳은 없었다. 토마토가 들어간 음식들은 대체로 다 맛있다.

브루스케타가 먹고 싶어졌다. 무르고 터진 토마토 같은 날들이었다. 어제도 물컹, 오늘도 약간 물컹. 마침 토마토도 있고 양파도 있다. 토마토와 양파, 치즈를 다지고 바질페스토와 섞었다.

토마토는 물렁한 것보다는 단단한 것을 쓴다. 그래야 입안에서 토마토를 아삭하게 느낄 수 있다. 바게트가 없지만 문제없다. 대신 식빵을 쓴다. 토마토와 양파 다진 것을 식빵 위에 올려 오븐에 잠깐 구웠다가 꺼낸다.

바삭한 빵과 토마토의 질감이 입안에서 부서진다. 피렌체에서는

4부 삶의 감칠맛

미처 몰랐는데 제법 맛있다. 흐물흐물 무너지려는 자존감을 붙잡
으며 브루스케타를 먹는다.

어떤 여행이고 힘들지 않은 여행은 없었다. 좌석 예약을 하지 않
아서 기차 바닥에 캐리어를 깔고 앉아서 가던 일. 유레일 패스에
날짜를 안 적어 패널티를 물던 일. 그런데 참 이상하지. 그렇게 힘
들었어도 또다시 여행을 떠난다.

만만한 삶이 어디 있을까. 토마토 한 박스처럼 물렁한 날도, 단단
하게 날선 날도 있겠지. 뭉개진 마음 추스르며 토마토를 씹는다.
지나고 나서야 알게 되는 것들이 있다고 그랬지. 그때는 미처 몰랐
던 브루스케타의 맛을 시간이 흐른 후에 깨닫는다. 지금 지나는 이
시간도 한참 지나서야 또렷해지고 확실해지겠지.

역시 여행은 고생한 것이 기억에 더 오래 남는다. 아프고 지독한
사랑이 잊히지 않는 것처럼.

200개의 스푼

삶의 아린 맛

— 우리는 얼마나 많은 4월을 놓쳤을까

4월의 샌드위치

　햇살이 눈부신 한낮. 벚꽃이 화사하다. 이렇게 화려한 날에 외출할 일이 없다. 좀 아쉽다. 대신 삶은 달걀을 다져 넣은 샌드위치를 만든다. 달걀을 삶는 동안 오이와 양파를 다지며 입술을 움직여 본다.

　샌. 드. 위. 치. 입술 사이로 나오는 낯익은 발음. 카페에서도, 빵집에서도 흔히 보는 간단한 식사. 아니, 간단하다는 말은 하지 말기로 하자. 결론만 보고 과정을 간과하는 사고다. 먹는 방법이야 한 입 베어 무는 것으로 간단할지 몰라도 만드는 과정은 절대 간단하지 않은 음식이 샌드위치니까. 간단하게 비빔밥 해먹자는 말도 마찬가지다.

　가운데에 낀 상태를 샌드위치에 비유한다. 두 쪽의 빵 사이에 있는 재료처럼 사람과 사람 사이에 부대끼는 상황이다. 부모와 자녀 사이. 상사와 부하 직원 사이, 선배와 후배 사이의 중간자 역할이 힘들다. 부모에 대한 부양과 자녀의 뒷바라지로 정작 자신의 노후는 생각할 겨를이 없는 중년. 권위적인 상사와 공사 구분이 명확한 부하직원 사이에서 욕을 먹는 과장. 선배와 후배 틈에서 괴로운 가운데가 그렇다.

이들의 공통점을 든다면 책임은 무겁고 권리는 가볍다는 것이다. 명예 없이 책임만 짊어지는 경우도 있다. 일이 잘못되면 질책이 쏟아진다. 하지만 정작 힘든 것은 일보다 사람들의 말이다. 말로 인해 관계가 틀어지고 그로 인해 입지가 흔들릴 수도 있다.

하지만 가운데가 있기에 사회가 돌아가고 샌드위치도 맛있다. 무엇보다 중요한 것은 가운데의 재료가 맛을 좌우한다는 사실. 달걀을 넣으면 달걀 샌드위치, 햄을 넣으면 햄 샌드위치. 빵 사이에 들어가는 내용물에 따라 샌드위치의 정체성이 결정된다.

핫도그는 소시지가 중요하고 붕어빵은 단팥이 맛을 좌우한다. 소시지 없이 핫도그가 존재할 수 없으며 단팥 없는 붕어빵은 존재가 무의미하다. 내용물의 질이 중요하고 가운데의 능력이 중요한 이유다. 어떤 사람이 중심을 잡고 일처리를 하느냐가 일의 성패를 가른다. 위와 아래를 잘 연결하고 왼쪽과 오른쪽을 뭉치게 하여 잘 굴러가게 만드는 일은 바로 가운데가 하는 일이다.

축구를 보더라도 미드필더가 중요한 것은 말할 나위없다. 척추가 중심을 잡아야 몸이 든든하게 버티고 과장급이 역할을 잘해 줘야 조직이나 회사가 돌아간다. 어디 그뿐인가. 중산층이 두터워야 사회가 건강하고 중간에서 일하는 공무원이 청렴해야 나라가 바로 선다. 선거에 있어서 후보도 중요하지만 어떤 참모가 있느냐에 따라 당선과 낙선이 갈리기도 한다. 내용이 확실해야 맛이 보장되는 샌드위치처럼 말이다.

모양과 맛도 적당해야 한다. 나의 맛을 잃지 않으면서 이쪽과 저쪽의 빵 사이를 잘 채워야 한다. 재료가 부실해서 빈약하고 맛없는 것도, 재료를 욕심껏 넣어서 먹기 곤란한 것도 좋지 않다. 적당한 위치에서 적절한 맛으로 들어간다면, 빵에 가려 재료의 존재감이 없을지라도 맛있는 샌드위치가 된다면 그것으로 끝.

가운데 역할을 했었다. 내겐 중요했던 모임의 총무를 이태 전 4월에 내려놓았다. 회장과 회원들 사이를 오가며 분주하던 자리. 크고 작은 행사를 치르며 열심히 했고 성취감도 느꼈다. 반면, 적잖이 신경 쓰이고 부담스러웠던 자리. 임기 말까지 잘해왔고 잘 끝냈다. 깔끔하게. 내가 만든 4월의 샌드위치처럼.

꽃잎이 바람에 지는 날. 크리스 디버그의 노래 〈The girl with April in her eyes〉를 들으며 봄날의 샌드위치를 즐긴다. 유난히 힘든 올 4월. 그런 나를 위로해 주는 노래가 '4월의 눈을 가진 소녀'다. 소녀의 눈에 들어 있던 4월을 보지 못한 어리석고 사악한 왕은 그녀를 쫓아낸다.

안을 들여다볼 줄 모르는 눈은 보이는 대로 사고하고 감각에 편승한다. 사람들은 정말 중요한 것은 안에 있다는 것을 모르고 밖에서만 애를 쓰고 찾는지도 모른다. 내 눈은, 또는 우리는 얼마나 많은 4월을 놓쳤을까.

5부 삶의 아린 맛

맨발

가지를 떠나는 꽃잎은 맨발이다. 꽃잎에게도 발이 있다면. 하얗게 앵두나무로부터 멀어지는 꽃잎. 허공으로 몸을 던지는 저 무수한 꽃잎들. 한 발자국 한 발자국 지상과 하늘 사이로 발을 내민다. 짧은 생을 접어 바람에 몸을 싣고는 계절 너머로 사라진다. 가진 것 없이 떠나는 것이니 맨몸이고 맨발이다. 맨발은 그렇게 훌쩍 떠난다.

맨발을 보면 마음이 물러진다. 역 주변에 엎드려 있는 사람들은 하나같이 맨발이다. 까만 발바닥이 바닥까지 내려간 현재를 보여준다. 문화의 테두리 밖, 제도권의 보호 밖에 있다는 것을 말해주는 것이리라. 가려줄 양말도, 신발도 마련 못하고 시멘트 바닥에 던져놓듯 부려진, 궁색이 까맣게 앉아서 새의 발처럼 안쓰러운 그것. 그런 날은 그 까만 맨발이 내 발끝을 따라다녔다.

맨발이란 말에서 허기가 진다. 불쑥 맨주먹을 내밀듯 불시에 마주치는 낱말은 어떤 것도 가릴 수 없이 여지없이 드러나서 알싸하게 시리기도 하다. 다른 것은 없다는 '맨'이라는 접두사에서 날것의 냄새가 난다. 맨밥. 맨바다. 맨몸. 맨주먹처럼 가진 것이라곤 '맨'밖에 없는 가난한 말이다.

맨발은 어쩌면 마지막까지 보이지 말아야 할 무엇이리라. 손과 달리 감추어진 부분이어서 그럴까. 인체의 가장 아랫부분에 수행하듯 무게를 받치고 있다. 보이지 않는 곳에서 몸을 수발하며 묵묵히 감내하지만 표시 내지도, 드러내지도 말아야 할 것 같은 부분이다. 중요부위처럼 가려야 할 자존심 같은 것인지도 모른다.

어릴 적, 우리집에 세 들어 살던 아줌마 아저씨가 있었다. 사이가 좋고 조용한 사람들이었는데 어느 날 큰소리가 났다. 아저씨의 부인이라는 여자와 어떤 여자가 집으로 들이닥쳤다. 나이가 들어 보이는 그 여자들은 당당하게 문을 열어젖히고 들어갔다. 큰소리가 나는가 싶더니 얼마 후 아줌마가 급하게 뛰어나왔다.

흐트러진 치맛자락 밑으로 하얀 맨발이 보였다. 아줌마는 헝클어진 머리를 수습도 못하고 그대로 갔다. 아늑하고 따뜻한 시간을 두고는 떠났다. 아니, 떠밀려서 갔다. 한마디 대들지도 못하고.

맨발이었으므로.

맨발은 슬프다. 세상에 올 때 가장 마지막으로 나온 부분이면서 다시 오지 못할 때, 이승의 바닥으로부터 분리되는 부분이어서 그럴까. 영영 먼 곳으로 가는 사람은 모두 맨발이었다. 아무것도 가지고 갈 수 없다고 말하는 듯했다. 하다못해 신던 신발조차도. 오래전 죽은 내 할머니도 하늘로 치켜든 발이 쓸쓸했다. 뛰고 걸으며 이승에서 노역을 담당하던 발은 죽어서야 발끝을 하늘로 향하고 영원한 휴식에 들어가나 보다.

어딘가로 뛰어든 사람들도 맨발이다. 강가나 다리에 신발을 벗어 놓고 목을 맬 때도 맨발이다. 경계를 넘는 사람들. 무언가에 떠밀린 사람들. 국경을 넘기 위해 생명을 걸듯 생명을 던지기 위해 삶의 국경으로 가는 사람들. 그들은 경계를 넘기 위해 경계의 끝에서 허공에 발을 내밀었다. 그리고 꽃잎처럼 흩어졌다. 옥상에서, 강에서, 벼랑에서.

삶의 가장자리를 맴돌다 벼랑으로 몰린 사람들이다. 그들이 중력에 몸을 맡긴 것은 중력을 몰라서가 아니라 삶이라는 중력을 이기지 못해서였으리라. 그 세력권에 밀려서, 바깥으로 나온 사람들이 삶의 벼랑 속으로 낙하하였으리라.

밀리고 싶어 밀리는 사람이 있을까. 자신의 맨발로 벼랑 앞에 섰어도 거기까지 밀려온 이유가 있으리라. 문화적, 사회적 보호를 받을 수 없는, 민달팽이처럼 몸을 가려줄 껍데기조차 없거나 마지막까지 붙잡고 싶었지만 그러지 못했을 것이다.

그들을 붙잡을 수 있다면. 그들에게 신발을 신기고 벼랑 앞에서 돌려세울 수 있다면! 맨주먹 맨발이니 이제부터 다시 시작하자고 손을 잡을 수 있다면!

앵두꽃이 진다. 앵두꽃처럼 낙하하던 이름들. 정치인, 연예인, 이름 없는 가장. 뉴스 한 귀퉁이 비관이라는 기사가 꽃이 지듯 떨어진다. 미안하다는 말을 남기고. 추락하는 것들은 슬픈 무게를 지녔다.

무화과 익어가는 빈집

그 섬, 빈집 마당에 무화과가 익어가고 있었다. 캐리어를 들고 그 집에 들어섰을 때, 아이 많은 집처럼 열매를 품던 무화과나무. 불어오는 후덥지근한 바람에 넓은 잎사귀가 팔랑거렸다.

친구의 배려로 그 집에 머물렀다. 그 집은 친구의 아버지가 살던 집이었는데 돌아가시고 빈집으로 있었다. 그러니까 엄밀히 말해 집주인은 친구가 아니라 몇 해 전 돌아가신 그 아버지였다. 집을 지은 것도, 그 집의 나무와 꽃을 심은 것도 모두 목사였던 아버지였다.

친구 아버지는 대장암을 수술하신 뒤 표적항암제 치료를 받았다. 나중엔 항암제가 듣지 않자 담당 교수가 신약을 권고했다. 그러나 한번 투약 시 많은 돈이 들어가는 신약을 쓰지 않고 자식들 모르게 등급이 낮은 일반 항암제를 드셨다. 그 때문에 부작용으로 힘들어하셨다고 말하던 친구는 결국 등을 들썩였다. 가끔 친구네 가족이

        5부 삶의 아린 맛

일을 보거나 쉬러 서울에서 내려온다고 했다.

500여 평 되는 넓은 터였다. 대문 옆으로는 자두나무와 비파나무가 문지기처럼 양쪽으로 서 있고 마당에는 무화과나무며 석류 다래 등 많은 종류의 나무들이 있었다. 대문에서 현관으로 이어진 디딤돌을 허리까지 오는 풀이 덮고 있었다. 아무렇게나 흐드러진 분홍 분꽃과 파란 달개비 꽃이 햇빛에 시들거렸다. 나무와 풀들이 무성하여 가꾸지 않은 마당은 숲 같았고 나는 거기에 숨어든 작은 짐승 같았다.

피서객이 몰려든 마을은 흥청거렸다. '이맘때는 마을의 개도 취해서 다니지' 숙소를 구할 수 없던 내게 친구가 했던 말이다. 펜션이나 모텔은 이미 피서객이 들어찼고 가격도 평소보다 두 배, 세 배로 비쌌다. 여름 한철, 고기떼처럼 몰려오는 돈에 바닷가 마을은 예의도, 체면도 던진 듯했다. 며칠 모텔의 찌든 담배 냄새 때문에 잠을 설친 나는 친구의 배려를 덥석 물었다. 예의도 체면도 없이.

돈 앞에서 자존심은 내 지갑처럼 얄팍해졌다. 궁지에 몰리게 되면 예의도 메마르고 체면도 궁색해져 염치도 없어졌다. 그러다 엉뚱한 곳에서 분노가 일었고 그예 울음이 터지기도 했다. 가령 돈이 인간의 상상으로 만들어진 것이라면 돈이 지배하는 삶은 상상 이상으로 진솔했다. 너무 솔직해서 비루하거나 무참하기도 했다.

내가 그곳에 갈 때가 그러했다. 남쪽에 일을 벌였지만 믿었던 지인 때문에 자금 부족으로 일이 어려운 상황이었다. 나는 소송 중이었고 때마침 딸아이는 대입을 앞둔 고3이었다. 나는 작은 기적에도 쉽게 흔들렸다.

남쪽의 8월. 장마가 끝난 섬은 뜨겁게 달아올랐다. 오밀조밀 섬마을의 지붕 너머로 펼쳐진 바다는 옥색으로 출렁였다. 해수욕장 들물이 차오르는 한낮, 조무래기들은 팬티 바람으로 모래밭을 달리고 젊은 남녀는 튜브를 끼고 너울너울 여름을 탔다.

낮에는 바닷가로 가서 발을 적셨다. 바닷물이 따뜻했다. 해변이 보이는 카페에서 커피를 마시다 빈집으로 돌아가곤 했다. 내 일상은 그 섬으로 내려오면서 멈추어버렸다. 아니 고장 난 시계에 일상을 걸어 두고 도망치듯 내려왔다는 말이 더 정확하리라. 가끔 일상이 '얼음 땡' 하듯 멈추었으면 좋겠다는 생각이 들기도 했다.

살아온 날들이 모래처럼 허물어지는 것 같았다. 한 발 한 발 내딛는 날들은 모래밭에 난 자국처럼 움푹 파였다가 파도에 쓸려버려 흔적이 희미했다. 애초부터 삐걱거린 과거로 인해 현재는 뒤틀리고 불안했다. 곧 다가올 미래는 통장의 잔고가 줄어드는 것처럼 두려웠다.

빈집으로 두기엔 아까운 집이었다. 지은 지 오래되었지만 대리석 계단이며 바닥 타일을 보면 공들여 지은 집이라는 것을 알 수 있었다. 클래식한 도장 방식의 붙박이장이나 나무 격자창이 아름다웠다. 어느 공간이든 격자창이 넓게 햇빛을 들이고 있었다. 그 집은 마치 '빛이란 이런 것'이라고 말하는 듯했다. 그 빛이 내게도 들기를 희망하면서 창가를 서성거렸다.

어느 날, 나는 무화과를 땄다. 정확하게는 친구의 아버지 것을 훔쳤다, 바닥에서 올라온 가지가 둥근 테라스 끝에 턱을 바치고 열매를 달랑거리고 있었다. 그냥 익어 떨어지기엔 아까웠다. 종일 햇빛을 받은 열매는 따뜻했다. 꼭지에서 하얀 점액이 흘러 손에 묻었다. 끈끈한 점액은 젖처럼 따뜻했다.

나도 무화과처럼 젖이 흘렀던 적이 있었다. 어미라는 이름으로 사는 것이 만만치 않아서 수유 시간을 넘기면 퉁퉁 불은 젖이 앞섶을 적셨다. 옷에 스며든 젖이 섬유와 섞여 비릿한 냄새가 났다. 어미의 처지를 알았는지 신통하게도 아이는 보채지 않았다. 배를 곯은 아이가 허겁지겁 젖을 물면 그때서야 찌릿하게 유두 끝으로 몰려오던 두렵고 간절해지던 삶.

사는 것이 비릿했다. 가끔 아이를 굶겨야 삶이 이어지고 나를 무너뜨려 젖무덤을 풀어야 아이가 산다는 것. 그 비릿한 삶을 견뎌야 한다는 것을 알았다. 삶은 그리 신성하지도 않으며 빈집의 주인처럼 얼마의 돈 앞에서 비릿해질 수밖에 없었다.

하지만 인간을 거룩하게 만드는 것은 그 비릿함이 아닐까. 돈 앞에 비릿했던 부모의 삶이 자식의 고개를 숙이고 등을 들썩이게 만드는 것이 아닐는지 말이다. 내 젖을 먹고 자란 아이와 나의 관계처럼. 무화과 하얀 점액처럼 끈끈하게 말이다.

상처 입은 짐승처럼 그 집으로 숨어들었을 때 무화과는 이미 알아봤을지 모른다. 그래서 마침맞게 익은 열매를 내어주며 다 잘될 거라며 나를 다독였으리라.

떠나올 때쯤 빈집은 제 속을 비우고 있었다. 나를 품었던 집은 내 짐과 신발을 내어주고 시든 잡초를 끌어안고 가을 채비를 했다. 무화과를 먹고 힘이 났는지 아이에게 젖을 물리던 그때처럼 비장해졌다. 절실한 생이 비릿한 이 시기를 잘 견디게 할 것이라고.

박주가리

큰애와 산책을 한다. 생강나무 가지에 노란 봄이 앉아있다. 개울가에도 붓꽃의 싹이 뾰족하다. 이름 모르는 새가 부리로 파란 하늘을 찍어 소리를 휘갈긴다. 동그랗게 저수지를 따라 두른 철망에는 덤불들이 매달려 있다. 박주가리다.

하필이면 이름이 박주가리. 대롱대롱 매달린 것이 박과 같이 예쁜 덩굴 식물인데 '주가리'라니. 아니, 박의 '쪼가리'인가? 이름이 쉽게 잊히지 않는다.

곧 부서질 것처럼 바삭거리는 줄기에 매달린 주머니들. 무성했던 초록의 잎사귀를 다 떨어뜨리고 줄기에 열매만 남았다. 겨울이 다 가도록 미처 열매를 날려 보내지 못했나보다. 입을 활짝 벌리고 있는 것들과 입이 다물어진 것들. 그리고 반쯤 열매를 가지고 있는 것들.

씨앗을 비우지 못한 열매는 필사적이다. 주머니를 열어 아직 남은 씨앗들을 내보내려 애쓴다. 기회를 놓칠까 바람의 행방에 귀를 세우고 둥둥 날아가라고, 멀리 가라고 씨앗들을 재촉한다.

동행한 큰애가 신기해한다. 나는 거무스레한 열매를 따서 큰애에게 속을 보여준다. 솜뭉치가 한가득 들어있다. 잘 마른 솜에 갈색의 씨앗들이 가지런하게 누워있는 씨방은 고요한 세계다. 한때 푸른 물이 가득했을 열매는 물기를 비우고 하얗게 말라있다.

아이는 신기한 무엇을 발견한 것처럼 소중하게 하얀 솜털에 매달린 씨앗들을 손에 꼭 쥐었다.

"어쩌면 이렇게 보드라울까. 참 따뜻해. 이거 이름이 뭐야?"

큰애는 입으로 바람을 불어 씨앗을 날린다. 박주가리 씨앗이 둥둥 산기슭 쪽으로 떠간다. 작은 낙하산을 탄 요정처럼 솜털에 매달린 씨앗이 봄이 오는 산으로 간다.

하나, 둘, 셋. 아이의 눈이 커진다. 어린아이처럼 신나한다. 스물을 넘겼어도 초등학교도 못 들어간 아이처럼 흥분한 목소리다. 멀리 산기슭에 아지랑이 피어오르듯 이십여 년 전 아이의 목소리가 들린다.

어릴 적 큰애는 바람만 불어도 날아갈 듯했다. 서너 살 아이의 손목은 잡으면 부러질 것 같았다. 아이의 손목을 잡고 계절이 변하는 주변을 산책했다. 벚꽃만 보여주어도 방실거리며 웃었다. 진달래꽃을 따다가 밥숟가락에 얹어주면 신기해했다. 여름엔 산딸기를 따서 입에 넣어주었고 가을이면 은행 열매를 피하며 다녔다.

"엄마 이거 뭐야?"

말끝은 환희와 흥분으로 올라갔다. 아이의 눈은 태어나서 처음

보는 것들이었다. 노란 민들레도, 그 민들레가 하얗게 솜털로 변하는 것도 아이에겐 어마어마한 일이었다. 아이가 크는 일은 내겐 커다란 선물 같았다. 백일이 되어 뒤집고 돌이 되어 걸음마를 하고 두 돌이 되어 기저귀를 떼는 일이 내겐 어마어마한 큰일이었다.

그때도 큰애는 지금처럼 씨앗을 날렸다. 솜털이 하얗게 핀 민들레를 손에 쥐어주면 입술을 오므려 바람을 불었다. 작고 하얀 볼을 동그랗게 부풀리고 입술을 오므리는 동작을 반복했다. 지루해하지도 않고. 주변에 날아다니는 씨앗을 쫓았다. 혼자 맴을 돌며 씨앗들의 행방을 확인했다. 아이의 머리에도 민들레 씨앗이 내려앉았다. 하얀 원피스 치맛자락에도 노란 카디건 어깨에도 내려앉았다.

바람을 품은 씨앗들은 주저 없이 멀리 날아갔다. 아이는 꽃 하나를 모두 날리면 다시 다른 꽃대를 들고 불었다. 씨앗들이 사방에 날아다녔다. 그것들은 가벼웠고 입으로 불지 않고 흔들기만 해도 주변으로 흩어졌다. 아이는 연신 웃었다. 아이의 웃음이 사람도 없는 들판에 퍼졌다. 써레질을 끝내고 이제 막 모내기를 할 논으로, 온갖 잡초가 널브러진 연초록 묵정밭으로 굴렀다. 나는 아이까지 가벼워져서 민들레 씨앗처럼 날아가 버릴까 조마조마했다.

지금도 그때와 다르지 않다. 아이는 서너 살 때의 그때처럼 신기해하고 소중한 것처럼 살살 씨앗을 만지고 바람에 날렸다. 씨앗이 날아가는 것을 보는 아이의 입이 살짝 벌어진다. 무언가에 집중할 때 보이는 그 모습이다. 허벅지에 닿을 듯 말 듯했던 아이가 내 키를 넘어섰지만 아이를 보는 내 눈은 그때와 같다. 당장이라도 아이가 날아갈 것처럼 조마조마하다.

씨앗을 털어낸 박주가리 주머니를 덤불 속으로 던졌다. 이로써 박주가리의 의무는 끝났다. 박주가리는 울었을까. 웃었을까. 울 엄마도 이랬을까를 생각한다. 눈이 시큰해진다. 씨앗을 날리고 큰애는 신나는 듯 가볍게 앞서 걷는다. 곧 날아갈 듯하다. 언젠가는 나를 떠나 적당한 곳에 터를 잡고 싹을 틔울 것이다.

껍질만 남은 박주가리를 쳐다본다. '다음은 네 차례야'라는 듯 박주가리가 나를 쳐다본다.

플로리다로 큰애를 보내고

큰애가 떠났다. 제 몸보다 큰 캐리어를 끌고 한 번도 가본 적 없는 플로리다로. 가을부터 교환학생 준비로 정신없더니 1월 3일, 드디어 가버렸다. 14시간의 비행을 거치고 다시 1시간 비행을 해야 한다. 여기서 새벽 4시에 일어나서 공항에 갔으니 낼 새벽쯤에야 그곳에 도착하겠지.

아이가 나를 떠난 것은 처음이다. 초등학교 다닐 때 영어캠프를 제외하고는 없다. 아는 사람 아무도 없는 곳에 착륙할 아이. 스무살이 넘었어도 겁 많은 나의 큰딸.

울먹이는 아이를 안아주었다. 5월에 플로리다 가니까 놀러갈 곳 알아놓으라고 농담을 했다. 그러다 정작 사랑한단 말을 하지 못했다. 집으로 가는 버스 티켓을 끊어놓고 아이에게 못다 한 말을 문자로 전송하다 버스를 놓쳤다. 돌아오는 버스 안에서 눈을 감고 있었지만 잠이 오지 않았다.

미처 정리하지 못하고 간 아이의 방을 치웠다. 주인 떠난 침대와 책상이 더 크게 보였다. 어릴 때부터 베던 작은 베개와 메모리폼 베개 하나와 일반 베개 둘. 무려 4개의 베개를 침대에서 베고 끌어안고 자던 아이는 이제 기숙사의 좁은 침대에서 숨죽여 자게 되겠지. 이제 나의 잔소리 대신 핸드폰 알람 소리에 신경이 곤두서는 생활을 하게 되겠지.

침대 밑을 청소했다. 거기에 잠들어 있는 아이의 바이올린과 비올라는 아마 일 년이 지나도 깨울 일이 없을지도 모른다. 거실에 놓인 피아노도 마찬가지겠지. 난 아이가 바이올린으로 들려주던 리베르탱고를 그리워하겠지.

세탁한 옷을 건조대에 널었다. 그애가 있었다면 바로 와서 빨래를 탁탁 털어줬을 것이다. 난 그것을 받아서 건조대에 널어놓고 저녁은 뭘로 먹을까를 물어봤겠지. 아마도 몇 개월, 혹은 그보다 더 길게 저녁을 뭘로 먹을까를 물어보는 일이 없을 것이다.

세탁한 옷에서 더 이상 휴지도 나오지 않겠지. 아이는 바지 주머니에 휴지를 가지고 다니다 세탁할 때에 꺼내놓는 걸 곧잘 잊었다. 그 휴지 때문에 같이 빨래했던 다른 빨래에도 온통 휴지가루가 묻어 나오는 일이 많았다. 이제 그럴 일도 없을 것이다. 그래서 내가 잔소리를 할 일도 없을 것이다.

아이가 빠져나간 자리. 이가 빠진 자리를 혀로 더듬듯 알싸하고 비릿하다. 아이가 비우는 그 시간이 짧을 수도, 혹은 길어질 수도 있다. 나는 아이에 대한 기억을 그 틈에 채운다. 아이가 했던 말들을 떠올리고 아이가 쓰던 물건들을 바라본다. 내가 할 수 있는 것을 아이에게 해줄 수 있어서 행복했던 시간들을 끌어올린다. 기억 때문에 힘들지만 역시 그 때문에 허전한 마음도 위로가 된다는 것을 깨닫는다.

이제 생각하니 양육권은 대단한 권리였다. 내게 아이들은 선물이었다. 내게 허락된 양육은 아이를 키우는 시간이었다기보다 나를 사람으로 만드는 과정이었다. 아이를 보면서 나를 보았고 아이를 가르치기 위해 나를 바로세우는 것부터 해야 했다. 적잖은 수업료를 지불하며 터득했지만 행복했다. 어미라는 역할을 해내기 위해 견뎌야 했던 시간보다 아이가 주는 기쁨이 더 컸다.

유년시절 받지 못한 보살핌과 사랑을 아이들에게 줌으로써 결핍에 대한 보상을 받았다. 나는 아이들을 키우기에 적당한 모성애를 가지고 있었고 기꺼이 어미가 되는 일에 내 시간을 써버렸다. 그래서 행복했다.

이제는 그 시간이 얼마 남지 않았다. 작은아이가 고등학교를 졸업하면 신으로부터 받았던 양육권을 다시 돌려줘야 한다. 이리도 금방 놓게 될 줄 생각지 못했다. 나는 그 권리를 언제까지 쥐고 있으리라 착각했나 보다. 좀 안타까운걸 보면.

완벽하지도 그리 훌륭하게 잘해냈다고 할 수 없지만 내가 할 수 있는 최선을 했다고 생각한다. 그렇기에 아이가 갈 길에 대하여 뭐라고 간섭할 생각은 없다. 더해주고 싶지만 더해줄 수 없다는 것을 안다. 이제는 조금 떨어져서 아이를 지켜보는 일이 나의 몫이다. 그동안 어미로서 할 수 있는 것이 있어서 참 행복했다. 이제야 아이는 신의 선물이라는 말이 이해된다.

큰애는 내일 새벽에서야 도착하겠지. 50kg도 안 되는 몸으로 혼자 가방을 끌고 혼자 버스를 타고 학교에 도착하겠지. 제발 무사히 도착하기를.

크리스마스를 기다리며

슈톨렌이라고 했다. 딸들은 초록 상자에 붉은 리본을 단 네모난 상자를 내밀었다. 크리스마스 선물이라며 냉장고에 두고 먹으라고 했다. 럼주나 와인에 절인 과일과 견과를 넣어 슈거파우더를 듬뿍 묻혀서 오래 두고 먹는 빵.

아직 크리스마스가 멀었는데 벌써 주냐고 묻던 내게 딸들은 이렇게 말했다.

"크리스마스를 기다리며 먹는 빵이래."

그러니까 내 방식대로 해석한다면 이 빵은 멀리 있는 딸들을 기다리며 먹는 빵이다. 나는 슈거 파우더가 뽀얗게 내려앉은 빵을 착착 얇게 썰었다. 건포도나 크랜베리, 젤리가 박힌 것이 달달하다.

슈톨렌. 슈톨렌. 발음해보니 슈니발렌처럼 독일스러운 발음이다. 그러고 보니 슈니발렌을 먹던 일이 생각난다. 나무망치가 없던 우리는 홍두깨 같은 것으로 그 과자를 부수었다. 홍두깨가 과자를 제대로 맞히지 못하자 과자가 도르르 바닥으로 굴러 갔다. 다시 부수어 우리는 바닥에 흩어진 과자를 주워 먹으며 웃었던 기억이 난다. 오래전 딸들이 어릴 때 일이었다. 잊히지 않는 사진처럼.

wintering

 그 겨울 내가 매달린 것은 뜨개질이었다. 남해에 내려와서 첫 번째로 맞는 겨울이었다. 딸에게 줄 모자를 뜨고 아침 산책할 때 찬바람을 막아줄 나를 위한 모자를 떴다. 백조 왕자라는 동화 속 공주처럼 절실하게 혹은 생업으로 뜨개질을 하는 사람처럼 미친 듯 떴다. 하나를 다 뜨면 다음에는 무엇을 뜰 것인지 생각했다. 선물을 줄 사람의 얼굴을 떠올리며 어떤 색깔의 모자가 어울릴지를 고민했다. 크리스마스가 되기 전에 모자를 다 완성하고 싶었다. 크리스마스 선물로 딸들에게 모자를 보낼 수 있었으면 좋겠다고 생각하면서.

 그 겨울 동안 내가 한 일은 저녁이 오는 것을 기다리는 것이었다. 먼 외출을 빼고는 거의 매일 저녁이 왔다가 슬그머니 어두워지는 것을 구경하였다. 오븐에 구운 고구마를 우유와 먹으며 식사를 서둘러 마치고 해가 진 뒤의 바다를 바라보는 것은 빼놓을 수 없는

5부 삶의 아린 맛

중요한 일과 중 하나다.

남해는 10월부터 저녁이 일찍 찾아온다. 오후 4시가 넘으면 햇살은 보폭을 줄이고 서쪽으로 급하게 걸어간다. 5시와 6시 사이가 가장 아름다운 일몰 시간이다. 하늘과 바다에 남기고 간 햇살의 붉은 자락이 어둠과 만나는 화려한 시간이다.

그 시간만큼은 다른 것에 양보하지 않는다. 좌판을 두드리는 일이 불편해서 견딜 수 없을 때까지 어두컴컴한 서재에 앉아 바다를 향한 창을 바라보았다. 서재가 어둠에 가라앉은 후에도 한참 동안 불을 켜지 않았다. 서재에 불을 켜면 하루가 어떻게 저녁 바다로 걸어갔다가 밤의 암흑으로 숨어드는지 알 수 없었다. 마지못해 불을 켜면 바다는 사라지고 서재에 앉은 나의 존재만 환하게 드러났다.

그 겨울을 지나는 동안 내가 읽은 것은 『wintering』이라는 책이었다. 이 책은 가까운 시인이 내게 선물해 준 것이었다. 캐서린 메이라는 영국 소설가가 쓴 책이었다. 남편이 병에 걸린 주부가 설상가상 자신도 대장암에 걸리고 아들은 학교에서 따돌림을 당하는 불행이 계속되는 주인공의 이야기였다. 작가는 인생의 어려운 시기를 겨울이라고 하고 그 겨울을 지나는 방법을 주인공을 통해 이야기한다. 겨울잠쥐가 겨울을 나는 방법과 바다에 들어가는 극한의 방법을 통해 두려움과 맞서는 주인공을 통해, 혹은 뜨개질을 통해 마음의 치유하는 것으로 고통의 긴 겨울을 지나는 방법들에 대하여 이야기한다. 자신의 어려운 시기를 겨울이라는 계절에 비유를 하는 것이다.

그때 난 책을 읽으면서 지금은 겨울인가 아닌가를 물었다. 겨울을 지나왔는지 아직도 겨울인지 잘 모르겠다고 생각했다. 나는 그 겨울이 엄청 혹독한 겨울이라고 생각했었다. 그러나 그다음 해에도 나의 겨울은 끝나지 않았고 더 추웠다. 겨울이 언제 끝날지 아직도 나는 모른다. 그러나 내가 알고 있는 것도 있다. 이 겨울은 언제고 지나갈 것이라는 것.

긴 겨울을 지나는 동안 봄을 준비하려고 한다. 내가 할 수 있는 일들과 할 수 없는 일을 구분하고 할 수 있는 일을 실행에 옮기고 의지 밖의 일은 놔두기로 했다. 이럴 때 좋은 것은 뇌와 몸을 움직이는 일이다. 열심히 공부하고 부지런히 손을 놀리다 보면 봄이 꼭 올 것이다.

엄마, 나, 그리고 딸

집으로 오는 길이 추웠다. 비가 내리고 바람이 불었다. 엄마 집에서 나와 왔던 길을 되짚어 갔다. 전철역까지 걷고 전철을 타고 내려서 다시 걸었다. 가방이 무거웠다. 멸치볶음과 500ml 물 한 병, 저녁에 먹을 삶은 달걀이 들어 있었다. 우산을 썼는데도 신발과 바지가 젖었다.

오월의 첫날이었다. 엄마 집으로 가서 백신 접종에 대하여, 허리 치료에 대하여 얘기를 했다. 엄마는 돋나물 김치가 맛있게 익었다며 밥을 푸고 숟가락을 놓았다. 아직 익지 않은 국물이 매웠다. 신발을 신고 나오는 내 가방에 엄마는 멸치볶음을 넣어 주었다.

집으로 돌아오면서 내가 미워졌다. 왜 나는 엄마에게 아무 말도 못하고 왔을까. 괜찮다고 한마디만 했어도 좋았을 것을.

엄마는 나를 보며 울었다. 너무 측은하게 키워서 미안하다고 하였다. 나는 엄마의 얼굴만 쳐다보고는 아무 말도 못하였다. 하얗게 얇아진 머리카락마저 많이 줄었고 주름도 깊었다.

엄마도 이제야 늙는구나 싶었다. 이제야 가시 돋친 음성에 독기가 빠지고 풀처럼 숨이 죽었구나 싶었다. 내게 한 번도 미안하다거나 잘못했다는 말을 안 했던 엄마였는데.

내게 미안해야 했지만 엄마는 그런 틈을 전혀 보이지 않았다. 그 때문에 나는 속 편히 엄마를 미워할 수 있었던 것 같다.

뭐라고 서술해야 엄마를 설명할 수 있을까. 내가 넘을 수 없는 벽이었다. 엄마를 설명한다는 것은 불가능했다. 엄마라는 단어 앞에서 나는 서술할 수 없어서 절망스러웠다. 엄마는 그 무엇으로도 설명될 수 없는 표현할 수 없는 대상이었다. 내 나라 국어의 표현법으로는 묘사가 불가능한 '캐릭터'가 엄마였다. 내게는.

남동생만 유난히 편애했던 엄마였다. 나는 밑으로 두 살 터울인 남동생에 치여 가늘게 살아왔다. 내가 서운했던 것을 엄마에게 털어놓지도 못하고 살았다. 다섯 손가락 안 아픈 손가락 없다고 했지만 내가 보고 느낀 것은 그렇지 않았다. 자식은 다 같아도 아들은 특별했으니까. 늘 남동생에게 돌아가던 애틋한 마음을 나는 뒤에서 지켜보기만 했었다.

왜 하필 나였을까. 일곱 살쯤 나는 고모네 집에서 반년 정도를 살았다. 사촌 언니 집에 가자는 말에 아무런 생각 없이 따라나섰다. 가난해서 그랬는지 힘들어서 그랬는지 그렇게 나는 우습지도 않게 고모 집에 맡겨졌다.

이별이라는 것은 어떻든 일곱 살 아이에게 지울 수 없는 무언가를 남겼다. 반년 후 나는 집에 돌아왔지만 엄마가 편하지 않았다.

엄마에게 무었을 졸라본 적도 엄마에게 투정을 부려본 적도 없다. 그저 있는 듯 없는 듯 살았다.

집으로 돌아와 보일러 온도부터 높였다. 비를 맞아서인지 으슬으슬 추웠다. 간밤에 잤던 이불과 패드, 여행 가방과 노트북, 딸이 준 마가렛 에트우드의 책, 낙엽 색깔의 비로드 다이어리와 필기구가 방바닥 한쪽에 자리하고 있었다. 딸이 준 책을 가만히 쳐다보았다. 예전에는 내가 딸에게 책을 추천해주었는데 이제는 딸이 내게 책을 추천해준다.

며칠만 지내고자 이불과 여행 가방만 챙겨왔다. 살던 집을 전세로 임대를 놓았는데 임차인이 들오기 전이어서 비어 있었다. 마침 볼일도 있고 딸들도 만나고자 그 빈집에서 며칠만 지내기로 했다.

내 집이건만 낯설었다. 새로 리모델링한 집은 가구도 살림살이도 없다. 아이들도 없다. 아이들이 없는 집은 집이 아니라는 생각이 휙 지나갔다. 마치 찬바람이 쓰윽 지나가듯.

오후에 카페에서 딸을 만났다. 딸은 케이크와 차를 시키고 나는 차만 마셨다. 딸이 음악 앱 까는 것을 가르쳐주었다. 우리는 작은 애의 생일 선물을 무엇으로 할 것인지 얘기하다가 헤어졌다.

한 시간 정도의 시간이었다. 아이와 좀 더 있고 싶었지만 비가 왔고 아이는 할 일이 있었다. 나도 들어가서 할 일이 있었다. 함께 살았다면 함께 집으로 갔겠지. 우리는 그렇게 서로 가까운 이웃처럼 각자의 집으로 등을 돌렸다. 각기 다른 삶터로.

내가 어미라는 것이 슬펐다. 엄마가 느꼈을 그 아릿하고 참담했던 마음을 내가 헤아릴 수 없듯 무언가 가슴 한쪽을 쓱하고 베고

200개의 스푼

지나는 이 느낌을 내 딸 또한 헤아릴 수 없을 것이다. 엄마가 일곱 살 나를 떼어놓고 얼마나 힘들었을까를 딸들을 떼어놓고 사는 지금에야 알게 되다니. 서른도 마흔도 아닌 쉰이 되어서야.

아마도 모든 딸들은 엄마처럼 살지 않겠다는 일념으로 살아가는 지도 모르겠다. 나 또한 내 엄마 같은 엄마는 절대로 되지 않을 것이라고 사춘기를 보내고 결혼을 하고 아이를 낳아 키웠으니까. 엄마는 엄마의 삶이 있고 나는 내 길이 있다고 생각하며 살았다. 아무리 같은 밥상에 둘러앉아 밥을 먹었어도 엄마와 내 삶은 같을 수 없다는 것을 일찍 터득했다. 나와 딸의 관계도 그것에 대입해보니 왠지 먹먹해진다.

엄마처럼은 살지 말라던 엄마. 나 역시 내 딸에게 그렇게 말하게 될 날이 오겠지. 제발 나와는 다른 삶을 살기를 간절히 바란다. 딸에겐 딸이 가야 할 길이 있고 어미인 나는 나의 길이 따로 있으니까.

딸을 보고 왔는데 또 보고 싶다. 엄마도 내가 많이 보고 싶겠지. 추워진다. 보일러 온도를 높여야겠다.

앵두꽃 흩날리는 밤

4월의 봄 밤. 바람 소리에 솔깃한 귀가 밖으로 나간다. 앵두나무가 마당 한쪽을 밝히고 있다. 며칠 따뜻하더니 어느새 가지에 꽃이 소복하다. 가지에 눈이 내린 듯 촘촘하게 피어 바람에 흔들리는 모습이 몽실몽실하다.

바람이 분다. 밤공기 속으로 앵두 꽃잎 점으로 흩어진다. 하얀 도트 무늬가 전등 불빛에 반사된다. 빙그르 떨어진다. 눈발이 흩날리듯.

슬리퍼를 신은 맨발이 시리다. 싸늘하고 청량한 밤공기가 뺨에 닿는다. 바람이 또 한차례 지나가자 나무는 아까보다 더 많은 꽃잎을 떠나보낸다. 가진 것이라곤 꽃잎밖에 없다는 듯.

신발이나 챙겼을까. 다섯 장의 하얀 꽃잎들은 수술을 남겨두고 말없이 나무를 떠난다. 떠나는 것인지 떠밀리는 것인지. 팔랑거리며 나무를 떠나는 꽃잎들. 가진 것 없이 맨몸으로 떠난다. 허공으로 내미는 저 하얀 맨발들. 꽃잎 하나하나 하얀 얼굴들.

낱장으로 흩어지는 꽃잎 아득하다. 허공을 맴돌다 가슴으로 들어온다. 차곡차곡 쌓인다. 그 많은 꽃잎들이 앳된 얼굴과 겹친다. 몇 년 전 바다에서 떠난 아이들이다. 내 아이 또래의 아이들.

꽃잎이 질 때마다 선득선득하다. 아마도 나는 상처가 늦게 덧나는 체질인가보다. 뒤늦게 가슴 저리고 뒤늦게 아프다. 당시에는 그냥저냥 견디다가 해가 더할수록 상처가 덧난다. 4월의 꽃이 질 때마다 몸살이 난다. 꽃 진 자리마다 눈물이다.

멀리 아파트 불빛 사각으로 환하다. 따뜻한 불빛 안에는 퇴근한 부모와 아이들이 있을 테지. TV를 보거나 공부를 하고 샤워를 하고 낮 동안의 일을 얘기하겠지. 그런 아늑한 시간에 꽃잎은 떨어진다. 흩어진다.

아파트에 막힌 시선이 하늘의 달로 옮겨간다. 보름을 앞둔 달은 가만히 낮은 곳을 비춘다. 골목을 비추고 마을 집들의 지붕을 비추고 앵두나무를 비춘다. 저 달은 아마도 다 보고 있었으리라. 기울어가는 것과 가라앉는 것을. 떠나는 사람과 남아있는 사람을. 바람이 나무를 흔든다. 꽃잎을 보내고 몸을 떠는 앵두나무도 흐느끼는 듯하다. 뭍에서 바다를 향해 떠나보내듯. 잘 가라. 잘 가라고.

또다시 4월. 사람들은 아직 겨울이다. 마스크를 낀 채 거리두기는 아직 풀리지 않았는데 봄은 제 시간에 와서 나무를 깨우고 새들을 날린다. 새순은 땅을 들어올리고 나무는 꽃잎을 열어젖히고 벌들을 불러들인다. 조금 일찍 당도한 봄은 예정대로 계절의 규칙을 따르며 순조롭게 일을 수행한다. 수칙을 무시하거나 직무유기를 하는 일도 없다. 너무 무거워서 한쪽으로 기울어지는 일도, 들떠서 물이 새는 일도 없이. 슬픔이 흘수선을 넘는 일도 없이.

앵두꽃이 예쁜 줄 몰랐다. 내가 남의 집 담장 안에 핀 목련이나 흘끔거리고 거리의 벚꽃에 탄성을 지를 때 키 작은 나무는 저를 닮은 꽃잎을 가지 가득 달고서 한 며칠 피다가 졌다. 잠깐이었다. 내 집에 있는 앵두나무는 봐도 그만 안 봐도 그만이었다. 그래도 나무는 매년 키를 늘여 만만한 담장을 넘보고 가지를 뻗어 그늘의 평수를 넓혔다. 내가 봄을 앓느라 한눈을 파는 사이에도 저 혼자 가지 가득 꽃을 피웠다.

그 자잘한 앵두꽃이 진다. 피는 일이 힘들어서 지는 일은 더 허망하다. 지는 일이 슬픈 일인 줄 이제야 깨닫는다. 이제야 트이나보다. 까막눈이 보지 못하고 지나간 것들. 지나고 나서야 확실해지는 것들이 있다. 시간이 흘러서야 소중한 것인 줄 깨닫고 흉터를 보고 나서야 상처의 깊이를 가늠한다.

밤이 차다. 허술한 옷자락 속으로 바람이 스민다. 꽃의 반은 바람에 날리고 반은 남아 밤을 밝힌다. 반을 덜어내고도 나무는 여전히 환하다. 반이나 떠나갔어도 반이나 남았다고 골목의 가로등이 위로를 하는 듯 앵두나무를 비춘다. 나머지 반도 곧 나무를 떠나겠지. 그 자리에 열매들 단단하게 붉어지겠지.

꽃잎을 흩날리며 4월이 간다. 그래도 나무는 꽃잎을 기억하겠지.

추락할 수 없는 사내

구청에 차를 세우고 그에게 전화를 걸었다. 감색 점퍼를 입은 덩치 큰 남자가 내게 손을 들었다. 삭발 수준의 짧은 머리는 검은 머리보다 흰머리가 더 많았다. 나이보다 십 년은 더 들어 보이는 남자. 그였다. 그에게는 나이가 지름길로 온 모양이었다.

카페는 전에도 한 번 와본 적이 있는 곳이었다. 에스프레소를 마시는 그가 퍽 낯설었다. 초등학교 동창이란 것을 빼면 우리는 공유할 수 있는 것이 아무것도 없었다. 동창회에서 몇 번 마주쳤을 뿐. 낯선 거리감이 그와 나 사이의 공간을 채우고 있었다.

이틀 전 병원에서 그를 보았다. 거기에서 그를 만날 줄 몰랐다. 엘리베이터를 기다리는데 뒤를 돌아보고 싶은 충동이 일었다. 무엇이 통했던 것일까. 이상한 우연이었다. 시간 될 때 커피 한잔 마시자고 한 것은 나였다.

내가 궁금한 것은 그의 형에 대한 것이었다. 한때 나는 면사무소

     5부 삶의 아린 맛

에 비정규직으로 근무한 적이 있었다. 등본이나 인감을 발급하는 민원 창구에서 일을 했다. 그때 우연찮게 그의 형에 대한 등본을 보았다. 내 흥미를 끌었던 것은 그의 형과 그 아내와의 나이 차이였다. 남자보다 15년을 훌쩍 넘는 여자의 나이. 그의 형과 그 아내, 그러니까 그에게는 형수가 되었다. 내가 삼십대였을 때 그녀를 본 적이 있었다. 그때 그녀는 60대로 보였다. 남들과 다른 삶의 방식에 대해 호기심이 일었다.

몇 년 전, 그의 형이 갑자기 자살한 사건이 있었다. 왜 그랬는지 다른 동창에게 들었지만 충분하지는 않았다. 형이 죽고 난 후 남겨진 그의 형수와 조카가 궁금했다. 그렇다고 몹시 궁금한 것은 아니어서 잊고 있었다. 그러다가 마침 병원에서 그를 마주친 것이었다.

그는 대뜸 죽은 형에 대해서 얘기했다. 내가 먼저 물어보지 않아도 되어서 다행이었다. 형이 화장실에서 목을 맨 것은 자신 때문이었다고 입을 떼었다. 말은 덤덤히 하는데 반쯤 남은 에스프레소를 단숨에 마셨다. 작은 에스프레소 잔에 거품만 남았다. 그가 마신 커피가 목을 통과하는 것을 보았다. 불룩 튀어나온 목울대. 그는 이전에도 목울대를 통해 무언가를 삼키던 시간이 많았을 것이란 생각이 들었다.

그의 형과 부모님은 그를 통해서 경제적 지원을 받았다. 그는 작은 사업을 했는데 잘나갔으나 무리한 욕심 때문에 차질이 생겼다. 갑작스럽게 돈 줄이 막히고 부도가 났다.

사업이 틀어지자 그에게 기대던 형도 부모도 자연 힘들어지게 되었다. 많은 빚에 눌려 결국 그의 형은 자신의 집에서 목을 맸다. 동

　　　　　　　　　　　　　　　　200개의 스푼

생 때문에 형이 자살을 했다는 소문이 동창들 사이에 퍼졌다. 물론 그 일도 얼마 지나지 않아 잊혀졌다. 사람들은 자신의 일이 아니면 금방 흥미를 잃었다. 어쩌다 건너서 들려오는 사람관계는 하루 이틀만 지나도 잊히고 말았다.

누군가는 죽었어야 했다고, 형이 죽지 않았다면 자신이 죽었을 것이라고 그가 말했다. 경제적인 이유로 목숨을 끊었다는 뉴스를 들으면 아득히 먼 곳의 일이지 내 주변에 일어나리라고는 생각지 못했다. 누군가의 목숨을 벼랑 끝까지 몰고 간 돈의 위력에 섬뜩해졌다.

그는 부모님과 조카를 부양하고 있다고 했다. 병원에서 그를 보았던 것도 그의 아버지 진료 때문에 모시고 온 것이었다. 그의 어머니 또한 거동이 불편해서 집에 누워 지내신다고 했을 때 나는 대략 그의 형편이 이해되었다.

커피가 너무 썼다. 식은 커피 잔을 내려놓고 나는 그의 잘못이 아니라고 말을 했다. 그가 죄책감에서 벗어나기를 바랐지만 그는 자신에게 형벌을 내림으로써 그 일을 절대 잊지 않으려는 듯 보였다. 식구를 잃었을 때 사람들은 타인보다 자신에게 칼끝을 겨누는 경우가 많듯 그도 형의 자살을 자신의 잘못으로 돌렸다.

한때, 아무것도 부럽지 않았던 그. 그가 주변을 둘러보더니 목소리를 낮춰 내게 속삭였다.

"쌀이 떨어진다는 것이 어떤 것인지 알아?"

어느 날 쌀을 푸려고 쌀통을 열었는데 쌀이 없었다고 했다. 어쩔 수 없이 친구에게 전화를 해서 쌀 떨어졌으니 십만 원만 달라고 했던 일을 털어놓았다. 그때의 암담한 경험 이후 쌀을 3포대씩 집에 사놓는다고 했다.

"근데 그렇게 미리 사다 놓으니 밥맛이 없더라."

그는 굉장한 농담이나 한 것처럼 웃었다. 나도 웃긴 농담을 들은 것처럼 웃어 주었다. 길게 웃지는 못했다. 그가 쌀을 씻어 안치는 모습이 상상되었다. 건넌방에 병든 노모가 누워있는 모습도.

결국 난 그의 형수에 대하여 물어보지 못하고 헤어졌다. 12월의 찬 입김이 허술한 목덜미를 시큰하게 물었다. 겨울비가 내릴 것 같은 날이었다. 그는 내 차가 주차된 구청까지 같이 가주었다. 날이 추워지고 있었다. 그는 잘 가라는 인사를 하고 돌아섰다. 낡은 감색 점퍼 주머니에 손을 넣고 가는 그의 등 뒤로 바람이 후려치듯 불었다.

다시 보자고 했지만 그를 다시 만날 일은 없을 것 같았다. 어디 사는지 물어보지도 않았다. 그의 형에 대한 호기심도 가라앉았다. 가당찮게 누군가의 평범하지 않은 삶을 측량하려 했던 것조차도 지워버렸다. 이제는 다만 그의 겨울이 너무 길어지지 않기를 빌 뿐이다.

집으로 오는 길이 어두웠다. 무언가 둔탁한 느낌이 운전대를 잡은 팔과 어깨로 내려앉았다. 통증일지도 몰랐다. 어떤 생각은 너무 무거워 몸을 찍어 누르는 통증으로 남는 법이지. 그와 그의 형. 전혀 닮지 않은 두 형제의 모습이 왜 그리 정확하게 기억나는지 모를 일이었다. 그것은 아마도 어떤 동료애일지도 모르겠다. 죽은 언니의 얼굴이 함께 떠오른 것을 보면.

잘살겠지. 죄책감이든 의무감에서 비롯된 것이든 쌀이 떨어져도 잘살아내겠지. 늙은 부모님과 조카를 위해서라도 말이다. 부양할 식구가 있다는 것은 짐이기도 하지만 희망을 주는 원동력이기도 하니까.

더 이상 추락할 곳도, 추락할 수도 없는 사내. 그는 형의 몫까지 얹어 길게 살아낼 것이다. 누군가의 죽음이 헛되지 않는 것은 남은 자에게 살아갈 용기와 삶의 의지를 주기 때문이 아닐는지. 나도 그러했으므로.

동백의 말

입술이 붉었다. 눈 감고 꾹 꽂아놓은 듯. 생각 없이 툭 던져놓은 듯. 둥근 잎사귀 사이에 꽃을 내어 단 동백은 묵묵히 비를 바라보고 있었다. 보아주는 사람, 관리하는 사람 없이 저 혼자 꽃을 받쳐 들고서.

비로 시작하는 3월의 첫날. 남쪽은 바람부터 달랐다. 한산한 고속도로를 내쳐 달려오니 흑백이던 산과 들이 색을 입고 있었다. 자주 들락거리면 정이 든다고 길이 익숙해졌다. 얼마나 자주 들락거리면 마음도 편안해질까. 몇 번을 그리해야 이곳에 나를 심을 수 있을까.

남해에 오면 임시로 거처하는 집이 있다. 넓은 마당은 관리가 되지는 않지만 많은 나무들이 있어서 아늑하다. 짐을 내려놓고 나무부터 둘러보았다. 매화가 꽃망울을 달싹일 때부터 바람은 체온을 올렸으리라. 벌써 저희들끼리 하얗게 혹은 분홍으로 피고지고 있었다. 목련도 북쪽으로 고개를 돌리며 카운트다운을 시작했다. 자두나무도 꽃눈을 틔우기 시작했고 살구나무도 곧 터뜨릴 기세였다.

마당은 봄 채비가 한창인데 집은 겨울이었다. 밖은 따듯했지만 집안에 들어서니 한기가 느껴졌다. 아직도 겨울을 뒤집어쓴 채 저혼자 냉기를 견디고 있었다. 집도 나와 같았을까. 주변은 온통 봄인데 혼자 겨울이고 혼자 추워서 웅크렸을까. 겨울이 가기는 가는 것일까 하고.

동백의 영역 밑으로 꽃이 널려 있었다. 가지에 매단 만큼 발치에도 꽃을 떨어뜨린 동백. 떨어진 꽃은 여전히 선홍빛이고 나무는 빗속에서 발밑의 꽃들을 보고 있었다. 매달린 꽃 반. 떨어진 꽃 반. 가슴에도 꽃이 반. 먹먹함이 반.

떨어진 꽃들. 말 한마디 못하고 떨어진 입술들. 나무의 심장을 간직한 꽃은 시들지도 않은 채 땅으로 떨어졌다. 턱밑까지 올라왔던 말은 무엇이었을까. 겨울을 견디고 그 끝에 매달린 붉은 말들은 한번도 발설되지 못한 채 땅으로 낙하했다.

봄이 오면 마중을 나가려고 했다. 봄이 오는 길목. 들판에 쪼그리고 앉아 노란 민들레랑 솜털 뽀얀 쑥이 땅을 뚫고 올라오는 것을 보리라고. 손가락 꼽으며 기다렸던 산수유, 매화, 벚꽃이 차례로 오면 꽃구경을 하리라고. 봄이 오면.

봄이 오면 남쪽에 들어오리라 예상했었다. 계획대로라면 동백이 필 때쯤 새로 지은 집에 입주했어야 했다. 재작년 겨울에 설계를 시작해서 작년 여름에 착공을 했으니 아무리 철근콘크리트 구조라고 해도 충분히 다 지어졌을 시간이었다.

작년 여름부터 캐리어를 들고 내려갔다가 올라오기를 반복했다. 주말에는 올라오고 평일은 남쪽에 머물며 집이 완성되는 것을 보았다. 충분한 양생기간을 채우고 어떻게 하면 멋진 내 집을 지을 수 있을까를 고민하면서 콘크리트 구조물은 점차 집의 모양이 되어갔다.

그러나 집이 완성되어 갈수록 나는 무너져 내렸다. 예상 밖의 변수와 돈 앞에서, 사람과의 신뢰에서. 그것은 나를 허물어뜨리기를 반복했다. 건축의 공정은 여러 단계로 진행되고 변수는 늘 따라다녔는데 사용승인이 힘들게 되었다. 나는 사람에게 받은 상처와 불어나는 비용으로 싱크홀처럼 안과 밖이 텅 비어 갔다.

동백은 세 번 핀다고 누군가가 그랬다. 나무에서 한 번, 땅에 떨어져서 한 번, 가슴에서 또 한 번. 무성하고 푸른 잎에서 붉고 커다란 꽃이 툭 송이째 떨어진다. 보는 이의 가슴에 붉은 멍을 들이면서.

입이 많아도 아무 말 못하는 동백. 빗속에서 꽃은 애절하다. 땅에 떨어진 꽃 위로 봄비가 내리고 꽃은 무참하게 가슴으로 뛰어든다. 동백의 붉은 언어가 땅으로 스며든다. 동백과 나 사이에 비가 내린다. 나는 아무 말 못하고 떨어지는 동백꽃처럼 그저 속으로만 간직한 채 묵음으로 이 봄을 건너야 한다.

어디 말 못하고 견디는 것이 동백뿐일까만. 동백이 피었어도 나는 새 집에 입주하지 못했다. 꽃을 바닥에 떨어뜨리는 동백처럼 나도 봄날을 바닥에 떨어드린다. 어제, 오늘, 그리고 내일.

200개의 스푼

유배의 시간

상반기 결산을 했다. 꽃이나 보자고 담장 안에 심어놓았던 매실과 앵두, 보리수를 땄다. 제 맘대로 뻗어나간 딸기도 오종종한 열매를 매달았다. 방제도 안 하고 신경 써서 가꾸지도 않았다. 기껏한 접시나 될까 싶은 자잘한 소출이다. 노고도 없이 방치한 것들이라 크게 바라지도 않았건만 얼마 되지도 않는 열매를 수확하는 재미가 달짝지근하다.

올해의 반이 지나간다. 계절은 뒤숭숭해도 꽃은 피고 열매는 익는다. 코로나바이러스19는 아직도 진행형이다. 경제적인 피해는 물론 심리적으로 느끼는 불안은 집계할 수도 없고 생활방식과 사고가 바뀌었다. 학습도 온라인, 소비도 온라인이다. 되도록 모든 것을 집 안에서 해결한다. 코로나바이러스19로 생긴 풍경이다. 이러한 칩거를 나는 새로운 유배라고 본다. 신유배생활. 집이 유배지이며 지금이 유배의 시기인 셈이다.

유배하면 떠오르는 이가 다산 정약용이다. 무려 18년이나 유배 생활을 했다. 그러나 더 놀라운 것은 정약용이 집필한 책이 오백여 권이란 사실이다. 우리가 잘 아는 『하피첩』은 물론이고 『목민심서』로부터 『흠흠심서』, 『경세유표』 같은 방대한 양의 책을 저술할 수 있었던 것은 오로지 유배지에 갇혀있었기 때문이라고 볼 수 있다.

유배생활이 작품에 영향을 미친 러시아 작가들이 있다. 푸시킨의 경우 남러시아로 추방된 시기에 문학이 깊어졌다. 솔제니친의 경우는 유배가 아닌 수용소 생활이다. 스탈린을 비판한 편지를 썼다는 이유로 수감되었는데 8년간의 수용소 경험이 그를 노벨문학상 수상자가 되게 하는데 중요한 역할을 했다. 『이반데니스소비치의 하루』, 『수용소 군도』는 참혹한 경험을 하지 않고서는 나올 수 없는 작품이었다. 그 끔찍한 경험 덕분에 그는 노벨문학상 수상자의 반열에 올랐다. 그러고 보면 유배의 경험이 영 나쁜 것만은 아닌지도 모른다.

이런 선인들을 보면 유배가 반드시 불행한 일은 아닌 모양이다. 오히려 풍성한 결실을 맺을 수 있는 시간이 아닌가. 복잡했던 인간관계를 차단하여 오로지 한 가지에 몰두할 수 있는 시간이 유배기간이다.

누구는 지금을 불임의 계절이라고도 하고 누구는 마이너스의 시기라고 한다. 하지만 나는 지금이 무언가에 골몰하기 딱 좋은 때가 아닐까 한다. 외로움이 아닌 고독을 즐기며 자신의 내면으로 침잠해본다. 고독이 깊을수록 사유는 단단해지는 법이니. 그렇게 잉여의 시간을 보낸다면 위기가 지나간 뒤에 다디단 열매를 딸 수 있지

200개의 스푼

않을까.

요즘, 나도 유배생활을 한다. 집에 있는 시간이 많다 보니 그동안 지나쳤던 것들이 보이기 시작했다. 노란 꽃창포는 개울가에 모여서 피고 져야 아름답고 아까시나무 꽃향기는 밤중에 나가 달을 볼 때 맡아야 향기롭다. 올라갈 때 보지 못한 꽃을 내려가는 길에 본다는 고은 시인처럼 이제야 그런 것에 시선을 주게 된다.

올해는 유난히 매미나방 애벌레가 많다. 벌레 때문에 나무는 몸살을 앓는다. 지난겨울이 따뜻해서 살아남은 유충이 많기 때문이다. 나무는 찬바람을 맞으며 꽃눈을 만들어야 봄에 꽃을 피운다. 애벌레가 갉아먹은 빈 가지를 보며 깨닫는다. 혹독한 겨울이 있어야 봄이 찬란한 것이라고.

멀다

집으로 돌아오는 길이 멀었다. 목적지에 도착하는 시간은 자꾸만 뒤로 멀어지고 있었다. 종이를 접고 펴듯 컨디션과 기분에 따라 똑같은 거리가 멀게도, 혹은 가깝게도 느껴지기는 하다만 이날은 왜 그리 더 더디고 멀었을까.

내비게이션에게 길을 물었다. 이사 온 지 얼마 되지 않아 길이 익숙하지 않았다. 일이 있어 나갔다가 용인에서 서울을 거쳐 일산으로 돌아오는 길. 늘 길이 막히는 서울은 적잖이 부담스러운 길이었다.

나는 평소에도 내비게이션의 말을 고분고분 잘 듣는 편이다. 그녀는 똑똑하니까 나는 그녀를 믿는다. 하지만 어쩌다 가끔 그녀는 나를 배신하는 것 같다.

이날도 정체되는 구간만을 절묘하게 골라준 그녀. 10분도 걸리지 않는 반포대교를 1시간을 들여 건너게 했다. 대교를 건너기 전

200개의 스푼

부터 길게 늘어선 자동차의 행렬에 기가 죽었다. 너무 멀었다. 대교의 저쪽에 가닿을 수 있기는 할까. 가속 페달에 발을 떼었다가 올렸다가, 브레이크를 밟다가 말다를 반복하느라 발목이 아파왔다.

반포대교는 그 시간에 정체라는 것을 건너보고서야 알았다. 일부러 그랬을까. 그녀는 왜 힘든 날만 골라서 나를 골탕 먹이는 걸까. 한 시간 반이면 도착하는 길을 고르고 골라 2시간 반으로 늘여놓은 그녀가 몹시 미웠다.

어쩌면 누군가에게 가는 길도 반포대교 같은 것일까. 가까운 거리지만 통과하기엔 너무 먼 거리. 다리를 건너려면 소중한 무언가를 지불해야 하는 것일까.

현관문을 열었다. 절여놓은 열무가 되어서 도착했다. 입에서 단내가 나고 침도 농밀해졌다. 부츠를 벗어 가죽 안에 감금되었던 발을 꺼내주고 어깨를 눌렀던 가방을 털썩 바닥으로 떨어뜨리고 나니 피곤이 몰려왔다. 좀 힘들었다. 가난한 마음이 왈칵 쏟아졌다.

정착으로부터 떠나온 삶은 쉽게 지쳤다. 그리움이라는 것도 바나나처럼 뭉개지고 검게 변하는 것일까. 뿌리를 내리지 못한 삶이 끊임없이 그리운 대상을 만들어 내는 것인지 몸이 조금만 피곤해도 마음이 저 먼저 알고 지치고 허기졌다.

기댈 곳이 있다고 믿었는데 어느 날은 그것이 허공이라는 생각이 들 때가 있다. 언제든 볼 수 있다고 생각하지만 늘 그렇지는 않다. 가족이라도 내 맘대로 무작정 달려가 볼 수는 없으니까. 그래도 한 마디쯤 내뱉어 보면 괜찮을까. 마음대로 볼 수도 없어서. 마음이

5부 삶의 아린 맛

닿고 싶은 곳을 향해서.

보

고

싶

어

휴대폰 문자에 4개의 음절을 썼다. 그리고 지웠다. 문자를 보내
서 어쩌란 말인가. 떠나온 곳에서 너무 멀리 왔던 것일까. 되짚어
돌아갈 수 있는 길을 남겨놓기라도 했을까.

그래도, 그래도 말이지. 그리운 이에게 가는 길이 너무 멀지 않았
으면 좋겠다. 허기가 몰려드는 날. 추위도 허술한 곳을 헤집는지
몸살이 났다. 나는 추운 쪽으로만 발을 디디는 습성이 있나보다.
12월의 벼랑이 춥다.

200개의 스푼